中公文庫

振り出し

旗本出世双六（一）

上田秀人

JN009817

中央公論新社

目次

第一章　騒動の後始末　7
第二章　役付の誉れ　67
第三章　城中規律　126
第四章　恨の根　187
第五章　盾の意味　247

主な登場人物

北条《ほうじょう》 志真佑《しますけ》……旗本。二百二十五石。七年前に家督を継いだとき小普請組へ編入されてから、ずっと無役。上泉新陰流を使う。

相模八左衛門《さがみはちざえもん》……志真佑の叔父。志真佑の父が亡くなるときに北条家の後見を頼んだ。養子先の相模家で、現在は先手組与力。

幸《みゆき》……志真佑の妹。十七歳。

戸尾右門《とおうもん》……西丸書院番二番組番士。

徳川家斉《とくがわいえなり》……十一代将軍。十代将軍家治に世継ぎがなかったことから、時の権力者田沼意次の後押しで、御三卿の一橋家から養子に入り将軍となった。

中野播磨守清茂《なかのはりまのかみきよしげ》……家斉の唯一の腹心。小納戸頭取。

徳川家慶《とくがわいえよし》……家斉の次男。長兄竹千代が二歳で病没し将軍世子となる。父とは不仲。

振り出し

旗本出世双六㈠

第一章　騒動の後始末

一

江戸城西の丸は、泊番《とまりばん》と朝番への任務請取《うけと》りの交代で賑《にぎ》わっていた。

「泊番桜《さくら》井《い》主水助《もんどのすけ》、入りまする」

虎《とら》之《の》間《ま》裏の書院番惣控《しょいんばんそうびか》えの間に夜具を担ぎ、手に弁当を提《さ》げた旗本《はたもと》が顔を出した。

「おう、主水助か」

「今日も辛気くさい面《つら》じゃの」

なかにいた先達の書院番が、桜井主水助を嘲弄《ちょうろう》した。

「申しわけもございませぬ」

桜井主水助が頭《こうべ》を垂れた。

書院番は将軍あるいは世子《せいし》の外出に供をし、その警固を担う者である。御成《おなり》がそうそうない今、普段は江戸城諸門の警衛や、万一に備えて待機していた。外出のときだけとはいえ、将軍の近くに侍《はべ》るため、旗本のなかでも名門の当主、嫡男が任じられた。格としては絶えず将軍側《そば》に控える小姓番《こしょうばん》より下ではあるが並んで両番《りょうばん》と呼ばれ、旗本憧れの役目であった。

ただ、その誇りはゆがんでしまった。

小姓番が今も将軍の目に留まるところで勤めることで矜持《きょうじ》を保ち続けていられるのに対して、将軍が御成をしなくなって書院番は名実のうち実を失い、ただの門番に落ちた。

それが書院番のなかで、序列を作った。先達が新参に書院番としての心得を教えると称して、こき使うようになった。

「今日の弁当はなんじゃ」

先達の一人が、桜井主水助の荷を勝手に解《ほど》いた。

「……ほう」

「八百膳《やおぜん》に作らせましてございまする」

驚嘆の声をあげた先達に、桜井主水助が胸を張った。

「ま、まあまあだの」

膳一人前で最低数両はかかる、江戸でも名だたる料理屋の弁当がいくらかかるかわかったものではない。それを出されてはけちの付けようがなかった。

「このくらい……」

「さほどではないわ」

八百膳に不満を言えば、それ以上のものを用意できるのかと逆《さか》ねじを食らわされることになる。

「どうぞ、お召しあがりを」

書院番では、新参が先達のぶんの弁当を用意するのが慣習となっていた。

「うむ」

うなずいた先達らが箸を伸ばした。

「……なんだ」

二階から大きな音がした。

「この上には請取当番が待機していたの」

「はい。本日は酒井《さかい》山城守《やましろのかみ》さまの組が詰めておられるはずでございまする」

桜井主水助が答えた。

「ならば、あやつだな」

「ああ」

先達らが顔を見合わせた。

「いささか、やりすぎではないか」

「たしかに。怪我《けが》などさせてはまずかろうに」

騒動に先達らが顔をゆがめて、天井を見上げた。

「た、助けてくれっ」

真っ青な顔で震えながら、控え室に酒井山城守組の書院番池田吉十郎《いけだきちじゅうろう》が飛びこんできた。

「な、なんだ」

「どうしたのだ」

惣控えにいた書院番たちが、池田吉十郎の様子に呆然《ぼうぜん》となった。

「げ、外記《げき》が……来る」

「外記……松平《まつだいら》外記か」

控えの間入り口の板戸を池田吉十郎が必死に押さえながら言った名前に、書院番の一人が首をかしげた。

「外記が、乱心したっ」

池田吉十郎が叫んだ。

「逃がすかあ」

二階では酒井山城守組の新参松平外記が、鬼のような形相で脇差を振りあげていた。

「ひいっ」

神尾《かみお》五郎三郎《ごろうさぶろう》が背を向けて一階への階段へと向かった。

「背中を見せるな。卑怯者《ひきょうもの》があ」

松平外記が脇差を振るった。

「ぎゃああ」

尻の肉を斬られた神尾五郎三郎が、部屋にあった屏風《びょうぶ》の裏側へ隠れた。

「くわああ」

叫びながら、松平外記が屏風に斬りつけた。

「で、出会え、出会え。乱心者でござる」

神尾五郎三郎が、大声で助けを求めた。

「戦え、神尾」

「落ち着け、外記。神妙にいたせ」

屏風の反対側で怒鳴る松平外記を、神尾五郎三郎がなだめた。

「いつもの自慢はどうした。吾《われ》よりすべて、当然剣も優れているのだろう。それが先達だったはずだ」

松平外記が憤慨した。

「……ああ」

聞く耳を持たない松平外記に神尾五郎三郎が嘆いた。

「臆病者があ」

松平外記の刃《やいば》が屏風の縁に食いこんだ。

「た、助けてくれええ」

神尾五郎三郎が目の前に出てきた白刃に、小便を漏らしながら背を向けた。

「があああ」

すさまじい形相で吠《ほ》える松平外記に、神尾五郎三郎が屏風の裏から飛び出し階段を転げ落ちていった。

「無念、逃がしたか」

松平外記が歯嚙《はが》みをした。

「……離せぬ」

脇差を握りしめた右手が強縮していた。

「ちょうどよいか」

松平外記が小さく笑った。

「……三人と引き換えならばよいかの」

血まみれで床に沈んでいる、本多《ほんだ》伊織《いおり》、沼間《ぬま》左京《さきょう》、戸田《とだ》彦之進《ひこのしん》を、松平外記が見下ろした。

「父上には申しわけないことをしたが、許し難かった」

三人の血で濡《ぬ》れた畳の上に松平外記が腰を下ろした。

「……心残りは曲淵大学《まがりぶちだいがく》と安西伊賀之助《あんざいいがのすけ》を討てなかったことよ」

病を申し立てて登城しなかった先達二人の名前を口にしながら、松平外記が衣服をくつろげた。

「栄太郎《えいたろう》、たくましく生きよ。弱い父を見習わずに」

吾《わ》が子への想いを最後に口にした松平外記が、脇差を腹へ突き立てた。

しかし、三人が殺され、二人が負傷した刃傷《にんじょう》は表沙汰にならなかった。

「お咎《とが》めが、我らにも及びかねぬ」

「騒ぎにするのはまずい」

酒井山城守と組頭《くみがしら》大久保六郎右衛門《おおくぼろくろうえもん》、西丸目付《にしのまるめつけ》阿部四郎五郎《あべしろうごろう》、同新庄鹿之助《しんじょうしかのすけ》らが、ことをごまかそうと動いた。

「医師をこれへ」

阿部四郎五郎が、表御番医師《おもてごばんいし》を呼び出した。

「なにようでございまするか」

表御番医師が目付の呼び出しに、不安そうな顔で問うた。

「お医師よ、本多伊織、沼間左京、戸田彦之進の三人だが、怪我で屋敷へ戻ったことにいたせ」

「な、なにをっ」

酒井山城守の指示に医師が驚愕《きょうがく》した。

「それは、なりませぬ」

すでに顛末《てんまつ》、要は死亡したとの書付を仕上げている。今更、それを書き直すのはまずかった。診断、とくに城中でのものはすべて表御番医師の責任になる。偽りを書けば、医師がお役御免などのお咎めを受ける。

「目付の我らが認めておる。医師《そなた》に責が及ぶことはない」

阿部四郎五郎が保証した。

「ですが……」

医師が渋った。

「そなたも医師とはいえ、旗本であろう。武士ならば、忖度《そんたく》をしてやってくれぬか」

大久保六郎右衛門も説得に加わった。

江戸城内での争闘はどのような理由があろうとも御法度であった。

かつて城中松の廊下で赤穂《あこう》浅野《あさの》家《け》当主内匠頭《たくみのかみ》長矩《ながのり》が高家《こうけ》吉良《きら》上野介《こうずけのすけ》義央《よしなか》に斬りつけた刃傷があった。このときの将軍綱吉《つなよし》が吉良上野介をかばい、浅野内匠頭長矩だけを咎めた。その結果、赤穂の旧臣たちが吉良上野介義央の屋敷に討ち入るという騒動を起こし、世を騒がせた。

これを悪《あ》しき前例とせぬため、幕府は喧嘩《けんか》両成敗を徹底している。松平外記を乱心だとすれば、争闘ではなくなる。乱心者の起こしたことは、喧嘩にはならずにすむ。

「金を遣ってもよい」

そのまま幕府に知られれば、当番の書院番士はもとより番頭《ばんがしら》、組頭、ことをすぐに報《しら》せなかった目付も無事ではすまなかった。

「隠しおおせずともことを軽くできれば、咎めを受けることなく……」

酒井山城守たちは隠蔽に奔《はし》った。

「畳を今夜中に新しいものにせよ」

「血の付いた板戸は洗え」

「見聞きしていた者に厳しく口止めをいたせ」

松平外記の遺体を残し、死者は用意された駕籠《かご》で各々の屋敷へ運ばれた。

「城中で松平外記が乱心、いきなり同役に斬りかかった。本多伊織、沼間左京らが傷つきながらも反撃、その場を去らせず討ち果たしました。そのおり傷を受けた者どもを屋敷へ戻しましたが、残念ながらあえなく……」

西丸目付阿部四郎五郎が、第一報を御用部屋《ごようべや》へと届け出た。

「さようか」

すでに御用部屋も西の丸で騒動があったことは知っていた。

このまま騒動は終わるはずだった。

しかし、完全に隠しおおせるには、知っている者が多すぎた。

「神尾五郎三郎は尻を斬られて、逃げ回ったそうじゃぞ」

まず書院番のなかで神尾五郎三郎が笑いものになった。

「池田吉十郎は一人惣控えに逃げこみ、板戸を押さえて震えていたそうじゃ」

「そういえば、池田吉十郎は無腰であったというぞ。書院番が刀を持たずに敵から逃げては、将軍家をどうやって守るというのだ」

他の者も嘲弄の対象になった。

「要《い》らぬことを口にするな」

「付和雷同いたすな」

酒井山城守たちが抑えにかかった。

「我らが黙っていても、本多伊織らが松平外記にしていたことが御上《おかみ》に知られればそれまでだぞ」

他の組の書院番士がひそかにささやいた。

「書院番同心たちも見聞きしている」

「厳しく口止めをいたせば……」

「何人いると思う」

「とばっちりはごめんだ」

騒動を知っている者は、すぐに漏れるだろうとかかわりを避けた。

「畏れながら……」

告発者は書院番士でも表御番医師でもなかった。

「これを……」

大奥《おおおく》女中が老中《ろうじゅう》水野《みずの》出羽守《でわのかみ》忠成《ただあきら》へ松平外記の遺言を渡したのだ。

「甥《おい》の無念を」

この大奥女中は松平外記の叔母《おば》であった。

「御上を謀《たばか》るか」

水野出羽守が真相を知って激怒した。

御用部屋を騙《だま》そうとしたことが執政たちには許し難かった。

「本多伊織、食禄召し上げる。嫡子右膳《うぜん》に家督相続を認め三百俵を給する」

徳川家康《とくがわいえやす》股肱《ここう》の臣本多忠勝《ただかつ》の末裔《まつえい》であった本多伊織家はかろうじて潰されなかったが、八百石は三百俵へと減らされた。

「絶家、食禄召し上げ」

本多伊織と同じく松平外記に討たれた沼間左京、戸田彦之進は、改易になった。

「池田吉十郎、隠居のうえ、食禄五百石に減じる」

「間部《まなべ》源十郎《げんじゅうろう》には隠居を命じる」

その場に居合わせて松平外記と対峙《たいじ》しながら逃げ出した者には、厳しい咎めがあった。

「曲淵大学並びに安西伊賀之助はお役御免、小普請《こぶしん》入りを命じる。また屋敷を牛込《うしごめ》へと移す」

お目見得としての格は維持できたが、上級旗本が無役の間在する寄合組ではなく小旗本や御家人《ごけにん》と同じ小普請組へ落とされた。

もっとも松平外記に厳しくあたりながら、当日仮病を言い立てて欠勤した曲淵大学、安西伊賀之助の先達の書院番は、懲罰のうえ江戸城近くの屋敷を取りあげられて、牛込へと追いやられた。名門旗本としての両家は終わった。

「お役御免じゃ」

隠蔽に加わった書院番頭酒井山城守、組頭大久保六郎右衛門、西丸目付阿部四郎五郎らも小普請へと追いやられた。

その他、同役だった書院番も免職された。

一方、殿中で刃傷に及んだ松平外記側への処分は甘かった。すでに当主でなかったというのが幸いしたのか、外記の父忠順《ただまさ》はお役御免となったが、息子《むすこ》栄太郎は罪に問われず、食禄そのままでの家督の継承が認められた。

「恥を知れ」

もっとも厳しい処分になったのが、神尾五郎三郎であった。

「背中傷だけでもみっともないというに、逃げ回り助けを求めるなど武士として恥ずかしきこと、いや、武士ではない。切腹させるのももったいないわ」

逃げた神尾五郎三郎は、評定所《ひょうじょうしょ》へ呼び出されて、老中、勘定《かんじょう》奉行、寺社奉行などから蔑みの目と罵詈雑言《ばりぞうごん》を浴びせられた。

「武士たらぬ者に、禄を与えるほど徳川は甘くなし。此度《こたび》の醜態、先祖の功績をもっても贖《あがな》えぬ」

神尾五郎三郎は幕臣としての籍を削られて、放逐された。

古参が新参を押さえつけるためにおこなったいじめは、江戸城に、幕府に大きな被害をもたらした。

それは一つの書院番組を潰し、多くの欠員を生んだ。

二

北条《ほうじょう》志真佑《しますけ》は小普請組に七年在していた。いや、家督を継いだときに小普請組へ編入されてから、ずっと無役であった。

小普請組は無役の小旗本、御家人を集めたものである。

飛鳥《ひちょう》尽きて良弓《りょうきゅう》蔵《おさ》められ、狡兎《こうと》死して走狗《そうく》烹《に》らるということわざがあるように、戦《いくさ》がなくなれば武士は、不要になる。

かつて戦場で数は正義であった。だが、戦がなくなれば、多すぎる武士は負担になる。とくに天下人となった徳川家では、その傾向は強かった。

もっとも天下太平になったとはいえ、旗本、御家人が無用になったわけではなかった。

幕府を開いた以上、徳川家は天下を経営していかなければならない。そのための役人が要る。譜代《ふだい》大名、旗本、御家人がそれを担うことになった。

とはいえ、数万をこえる旗本たちすべてに与えられるほど、役目は多くなかった。

当然、あぶれる者が出る。

それらを放置するわけにはいかなかった。

旗本も御家人も、戦国を生き抜いてきただけに気が荒い。その連中を退屈させてはろくなことがない。事実、幕府開闢《かいびゃく》当初は旗本奴《やっこ》という無頼が城下町を闊歩《かっぽ》して、いろいろともめ事を起こしている。

「これでは御上のご政道に影響が出る」

幕府は無役の旗本、御家人をまとめて管理するために小普請組を作った。

小普請とは、江戸城の櫓《やぐら》や壁などの破損を修復することをいい、当初は百石につき、中間《ちゅうげん》、小者《こもの》をそれぞれ一名ずつ差し出した。

それが三代将軍から四代将軍のころにかけて、この手の作業は町人の請け負いに替わった。これでは小普請組のすることがなくなってしまう。

そこで幕府は小普請組へ人を出させる代わりに、町人請け負いの費用を負担させることにした。これを小普請金《きん》といい、百石につき一両を毎年勘定方《かんじょうかた》へ支払う。

旗本の禄は八代将軍吉宗《よしむね》によって四公六民から五公五民に変化したとはいえ、百石の手取りは年五十石、金にして金五十両でしかない。この五十両のなかから、家族の生活、軍役《ぐんやく》として定められた家臣、小者、女中の給与を支払わなければならないのだ。わずか一両の納付だとしてもかなり痛い。

小普請組はいわば役立たずをまとめておくための牢獄《ろうごく》であった。

なにせ役目に就いている旗本は十分な数がいる。小普請組の者に役目が回ってくることなどそうそうにはない。あるとすれば役目が忙しすぎて増員するときか、隠居したり病気で役目を果たせなくなった者が出たときくらいであった。

わずかな空席には、数百、数千の小普請が集《たか》る。

「是非ともわたくしめを」

「吾こそふさわしいと存じまする」

「粉骨砕身つかまつりますれば」

まさに有象無象、無能も必死に訴えてくる。

「鎮まれ」

全員と面談をしている余裕などはない。

そこで幕府はあらかじめ、小普請組にどのような人材がいるかを調べた。

これを逢対《おうたい》日といい、六日、十九日、二十四日と月に三度あった。もっともこれはお目見《めみ》え以上の旗本であり、御家人は十四日、二十七日の二回であった。

このとき役付きになりたい者は支配組頭に、己の得意なことを申し出る。御家人の場合は書類を差し出すのだが、字が汚いとか、書式が違うなど、細々したことで受付を拒まれた。

いうまでもなく、これは袖の下の要求であり、相応のものを差し出した者は、書類もすぐに受け取られ、端役《はやく》が斡旋《あっせん》された。

腹立たしいことだが、この逢対日をこなさないと無役からの浮上はなかった。

「さっさといかんか」

北条志真佑も家督を継いでから、毎回逢対日には通っていた。いや、通わされていた。

叔父《おじ》の相模八左衛門《さがみはちざえもん》が叩《たた》き起こしに来るのだ。

「そなたのことは兄から頼まれておるのだ。なんとしても儂《わし》の目の黒いうちにお役に就き、よき嫁を娶《めと》ってもらわねばならぬ」

北条家から相模家へ養子に出た叔父は、三年かけたとはいえ、無事に先手組《さきてぐみ》の与《よ》力《りき》に任じられた。死んだ父が、その叔父に志真佑の後見を頼んでいたのである。

「はい」

十七歳から父代わりに面倒を見てくれている相模八左衛門に、志真佑は頭が上がらなかった。

「しゃきっとせぬか」

のそのそと身支度を始めた志真佑の背中を、相模八左衛門が叩いた。

「痛っ」

先手組与力を務めるだけあって、叔父は大兵《だいひょう》で力が強い。薄い寝間着を脱いだばかりの背中に、紅葉《もみじ》というには大きすぎる赤い形が残った。

「なぜ避《よ》けぬ」

叩いておきながら相模八左衛門が不満を口にした。

「痛いだけならば、叔父上のご鞭撻《べんたつ》と考えるべきでございましょう」

「殊勝なのか、怠惰なのかわからん」

相模八左衛門が嘆息した。

「まあよい。それよりも、お役に就きたい旨を、しっかりと組頭さまにお伝えしてこい。そなたが無役のままだと幸《みゆき》もよきところへ嫁にいけぬのだ」

志真佑の妹の名前を相模八左衛門が出して、奮起を促した。

「行ってこい」

貧乏旗本にとって一張羅になる紋付き袴《はかま》姿で、志真佑は屋敷を出た。

向かう先は、上役にあたる小普請組頭田島周防守《たじますおうのかみ》のもとである。

幸い、神田駿河台《かんだするがだい》の北条家から神田相生町《あいおいちょう》の田島周防守邸はさほど離れてはいない。ゆっくり歩いたところで、逢対が始まるころには着けた。

「……皆、必死じゃの」

逢対の行列に並びながら、志真佑は呟《つぶや》いた。

北条の家は二百二十五石、伊豆《いず》に二村と相模に一村たらずの知行地《ちぎょうち》をあてがわれている。姓からわかるように、関東の雄と戦国のころに知られた小田原《おだわら》北条氏の流れをくむ。

「出遅れたか」

志真佑の少し後ろで悔やむような声がした。

「これでは、頼みごとをするにはときが足りぬやも知れぬ」

声が続いた。

「おいっ、先を譲れ」

「なっ、なにを」

後ろでもめ事が始まった。

「拙者を知っておるだろう」

「知らぬわ」

「なんだと。拙者は篠川伴右衛門《しのかわばんえもん》、五百石取りだぞ」

無理を言う男は篠川伴右衛門と名乗った。

「おぬしは何石じゃ」

「……百八十石」

「ふん。除《の》け」

篠川伴右衛門が一つ前に出た。

「聞いていたな」

「うっ」

その前も場を譲らされた。

「おい、おまえ」

ついに志真佑の背後に篠川伴右衛門が来た。

「わかっているだろう」

「…………」

志真佑は篠川伴右衛門を無視した。

「返事をせんか」

篠川伴右衛門が志真佑の肩に手をかけた。

「無礼者っ。背後から武士の肩に手をかけるなど、礼儀ができておらぬな」

振り向いて志真佑が怒鳴りつけた。

「なっ、な」

いきなり罵声を浴びせられた篠川伴右衛門が呆然とした。

「今、我らは組頭さまにお目通りを願うべく、並んでおるのだ。それを乱すとは何ごとか。たかが禄高の多寡で組頭さまがご贔屓《ひいき》をなさるようなお方と思っておるならば、無礼も千万ぞ」

「…………」

組頭を出してこられれば、篠川伴右衛門としても反論しにくい。

「なにをお騒ぎか」

行列の監視をしていた田島周防守の家臣が駆けつけてきた。

「いささか、勘違いがあったようでござる。お騒がせいたし申しわけございませぬ」

篠川伴右衛門が口を開く前に、志真佑が答えた。

「………」

「さようで」

じっと田島周防守の家臣に見つめられた篠川伴右衛門が、気まずそうに最後尾へと移動した。

「ご近隣の評判もござる。お静かになされ」

田島周防守の家臣たちが戻っていった。

「……助かり申した」

「感謝申しまする」

押しのけられかけた二人が小声ながら礼を述べた。

「無役だというだけで肩身が狭いところに、石高で押しのけようとされてはたまりませぬな」

こちらを睨《にら》んでいる篠川伴右衛門に聞こえぬよう、志真佑も声を潜めた。

「とにかく、互いに佳《よ》きことがあるよう働きましょうぞ」

「いかにも」

「同意でござる」

名前も知らぬ者同士、励まし合っている間に志真佑の番が来た。

「北条どの、こちらへ」

田島周防守の家臣が志真佑を呼んだ。

「……北条というのか」

それを憎々しげな顔で篠川伴右衛門が聞いていた。

「覚えておくぞ」

篠川伴右衛門が拳《こぶし》を握りしめて宣した。

逆恨みを喰《く》らっていることなど知らずに、志真佑は田島周防守との面談に挑んだ。

「北条志真佑にございまする」

「うむ」

田島周防守がうなずいて名乗りを受けた。

「当家は天正《てんしょう》のころに神君家康公にお召し出しをたまわり、関《せき》ヶ原《はら》の合戦、大坂《おおさか》の陣にて手柄を立てましてございまする。以来、槍《やり》一筋の家柄としてお仕え申して参りました。亡父も大番組《おおばんぐみ》に長く勤めておりましたが、七年前に病に倒れ、お役目を辞しましてございまする。わたくしめも父の跡を継ぎましてより、御上のお役に立ちたいと願い、本日も周防守さまのもとへ参じましてございまする」

「うむ」

面談のとき、組頭はそれしか口にしない。

「いつか御上のご馬前にて、お役に立てるよう武術の研鑽《けんさん》は積んでおりまする。上《かみ》泉新陰流《いずみしんかげりゅう》を嗜《たしな》んでおりまする」

「うむ」

「何卒《なにとぞ》、よしなにお願いをいたしまする」

「うむ」

こうして志真佑の面談は終わった。

「……同じことを何回も」

田島周防守邸を出た志真佑がぼやいた。

面談で言うことは決まっている。なにか新たに身につけたものでもあれば、付け加えるが、そうでなければ毎度繰り返すだけである。

「まあ、これでしばらくはないな」

志真佑がかえって晴れ晴れとした顔をした。

田島周防守は、門前の騒ぎをすでに用人《ようにん》から報されていた。

「あやつじゃな」

「さようでございまする」

用人が主《あるじ》の確認に首肯した。

「使いものになりそうだの。先ほどのことに触れもせなんだ」

田島周防守が感心した。

なんとしてでも役目に就きたいならば、使えるものはなんでも使うのが小普請である。組頭の屋敷前で起こった騒ぎを収めたなど、大きな功績として声高に言うのが普通であった。

「いつもと同じことを重ねられただけでございましたが……」

用人があきれ顔を見せた。

「褒美を強請《ゆす》る奴《やつ》より、よほどましじゃ」

「それはたしかに」

田島周防守に用人が同意した。

「番方《ばんかた》の空きでも出れば、そこへ推挙してやろうかの」

「では、そのように」

用人が応じた。

「次を」

逢対日は忙しい。一人にかかずらっていては終わらない。田島周防守が、志真佑の評価と対応を終わらせて、職務へと戻った。

三

逢対日でない小普請組の旗本は、暇を絵に描いたようなものである。無役なので当然、出勤することもなく、かといって外をうろつけば昼飯代など金がかかる。

「いえいっ、やあ」

朝餉《あさげ》を終えた志真佑は、庭で素振りをするのを日課にしていた。

上泉新陰流は、戦国時代上野大胡《こうずけおおご》城主だった上泉伊勢守信綱《いせのかみのぶつな》を創始とする。北条氏との戦いで城を失った上泉伊勢守は、西上野《にしこうずけ》の戦国大名長野《ながの》氏に仕えていたが、天下武者修行を思い立って辞し、剣術の聖地鹿島《かしま》、武神を祀《まつ》った熱田《あつた》神宮、国神《くにつかみ》の祖伊勢神宮などを巡って、剣術に開眼し、新陰流を組みあげた。まさに剣神であった。

「吾が印可は一国に一人」

上泉伊勢守は、諸国を巡りながらできる者を見いだし、そのなかでも特に優れた者に印可を与えた。剣豪将軍と呼ばれた足利《あしかが》十三代将軍義輝《よしてる》もその印可を受けており、まさに上泉伊勢守は天下の剣術家であった。晩年は生地であった上野へ帰って後進を育成し、印可を授けはしなかったが、かなりの弟子を取った。

その弟子の一人の後胤《こういん》が、神田で小さな町道場を開いていた。

近かったこともあり、志真佑は六歳からそこで剣術を学び、その才を師匠に認められていた。

「久しぶりに、教えを受けるか」

町道場はよほど余裕のあるところでない限り、寺の片隅や長屋を改造したていどで狭い。そこへ弟子が一斉に寄ると、手狭で稽古どころではなくなる。そこで暗黙の了解として、初心の者は午前中、あるていど以上の者は午後からとなっていた。

「兄上さま」

素振りを終えた志真佑に、妹の幸が縁側に腰を落として声をかけてきた。

「どうした」

「周防守さまからのご使者がお見えでございまする」

「なんと。すぐに参る」

幸の言葉に、志真佑が玄関へと急いだ。

本来ならば客間に通すのだが、無役の家にそのような余裕もなく、また使者も多忙だけに茶の接待などはかえって邪魔になった。

「お待たせをいたしましてございまする」

式台に志真佑が手を突いた。

「拙者田島周防守が家中の者でござる。主からの用件をお伝えする。明日朝四《よ》つ（午前十時ごろ）屋敷に出頭いたせとのことである」

「お呼び出しでございまするか」

使者の口上に志真佑が驚いた。

「そなたが北条志真佑であるならば、まちがいない」

使者が首を縦に振った。

「承れ」

そもそも使者の用件への答えは、諾以外ない。使者が確認を求めた。

「承って候」

志真佑が頭を垂れた。

「お役目ご苦労さまでございまする」

使者を見送った志真佑が、両頬を叩いた。

「ついに、ついに……」

「兄上さま……」

襖《ふすま》の陰で聞いていたらしい幸も興奮した顔を見せた。

「周防守さまから、朝のうちのお呼び出しじゃ」

武家には慶《よろこ》び事は少しでも早く報せたいと、午前中に呼び出される慣例があった。逆に昼からの呼び出しは、凶事とされていた。

「おめでとうございまする」

幸が膝をついて、袖で顔を覆った。

小普請が組頭から朝のうちに呼び出される。これはお役に推挙してもらった以外のなにものでもなかった。

「ただちに叔父上さまへ……」

腰を上げようとした幸を、

「しばし待て。せめて何役か判明してからにしよう。たしかに無役から役付きになるのはうれしいことだが、役目次第では叔父上を落胆させかねぬ」

志真佑が止めた。

「では、祝いの膳も」

「明日じゃ。明日、何役かわかったならば、叔父上をお招きして、ささやかながら宴席を設けようぞ」

確認してくる幸に志真佑が告げた。

小普請からの脱出を願う者は多く、空く役目は少ない。

「何役でも厭《いと》いませぬ」

誰もがそう言う。

「なにとぞ、小姓組に」

「遠国《おんごく》奉行を願いまする」

このような条件を付ければ、まず就任はなかった。

「なにさまのつもりか」

「小普請におる理由もわからぬとみえる」

組頭たちは、陰で嘲笑している。

そもそも家督を継いだばかりでも、林家《りんけ》の湯島聖堂《ゆしませいどう》でそれなりの成績を残していれば、小普請ではなくいきなり役付《やくづき》になれる。

基本、小普請組は三千石未満の者で編成される。それ以上は寄合《よりあい》と呼ばれ、石高が多い、あるいは名門が組に入る。当然、寄合からの出世は容易であった。

しかし小普請組は、いかに石高が多い旗本であろうとも、御家人たちと同じ扱いで、席が空かない限り出ていくことは難しい。そんな小普請が役目に好き嫌いを言うなど論外であった。

空けば推薦される。さすがに二千石をお勘定方にというわけにはいかないが、一段か二段低いくらいの役目が与えられることは当たり前であった。

「さすがに、それは……」

推薦された役目が役不足であると拒否はできる。

「さようか」

支配頭も考え直せと引き留めることはしない。

「名簿から外しておけ」

二度と推薦しないだけである。

「喜んでお受けいたしまする」

少し世慣れた小普請組の者は、そのあたりの事情はわかっている。すんなりと受け入れて、そこから努力して出世を目指す。

なにより役目に就けば、小普請金を払わなくてもすむ。場合によっては、役料や役金《やっきん》などをもらうこともできる。

面目や名門の維持でやっていける時代は終わったのだ。

どれほど不足な役目でも、就けるだけまし。

その機会が、ようやく志真佑のもとに来た。

「行ってくる」

翌朝身支度を整えた志真佑が、幸に告げた。

「ご吉報をお待ちいたしておりまする」

「うむ」

三つ指をついて見送る幸に、志真佑がうなずいた。


逢対日でない田島周防守の屋敷は、静かであった。

「支配組下、北条志真佑でございまする」

本来ならば田島周防守の屋敷の表門を潜《くぐ》れる身分ではない。その表門が大きく開かれ、水が打たれ、志真佑を祝福していた。

「どうぞ、玄関へ」

門番の案内で志真佑は玄関へ進み、そこから田島周防守家臣の先導で客間へと通された。

「しばし、お待ちを。主が参りまする」

客間には、すでに茶と菓子が用意されていた。

「…………」

それだけで緊張した志真佑は、敷物を外して腰を下ろし、茶にも手を付けず、田島周防守の登場を待った。

「待たせたの」

「いいえ」

謝しながら入ってきた田島周防守に、志真佑が首を横に振った。

「……敷物を使え。茶を飲め、菓子も食え。まるで余が客人をまともに扱えないようではないか」

志真佑の様子に、田島周防守が憮然《ぶぜん》とした。

「も、申しわけございません」

あわてて志真佑が敷物の上へ腰を移し、茶を一気に口に含んだ。

「落ち着け」

その様子に田島周防守が苦笑した。

「菓子は食わぬのか」

「いただいてよろしければ、妹への土産《みやげ》にいたしたく存じまする」

志真佑が願った。

「妹がおるのか」

「父と母を亡くしまして、ただ一人の身内でございまする」

田島周防守に問われた志真佑が、見送ってくれた幸を思い出した。

「いくつになる」

「十七歳に」

志真佑が幸の歳《とし》を答えた。

「そろそろ嫁入りだの」

「はい。よきところへやりたいと願っておりまするが、わたくしが世に出るまでは、家のことをと申しておりまする」

言われた志真佑が、泣きそうな顔で応じた。

「できた妹御であるな。なれば、喜ばせてやるがよい」

すっと田島周防守の表情が変わった。

「北条志真佑、西丸書院番二番組勤めに推挙いたした」

「しょ、書院番……」

田島周防守の言葉に、志真佑が驚愕した。

書院番は二百石から数百石ていどの小旗本にとって誉れであった。小姓番が名門旗本から選ばれ、将軍最後の盾として仕えるのに比して、書院番は将軍の外出、江戸城諸門の警固、駿河、甲府《こうふ》、大坂の守衛など、幕府の守備を担う。先手組や大番組のように、戦の主力ではないが、主君の馬廻《うままわ》りとして重要な役目であった。

お目見え以上の旗本のなかでも、武に優れた者として尊敬された。

「岩村《いわむら》周防守どののもとへ、三日後の十四日、出向くようにいたせ」

「は、ははっ」

出務の日にちを知らされた志真佑が、より固くなった。

「固くなりすぎである」

田島周防守があきれた。

「身だしなみを整えることを忘れるな」

推薦した者の評判にもかかわる。

「気をつけまする」

釘《くぎ》を刺す田島周防守に、志真佑がうなずいた。

「持って帰ってやれ」

志真佑の残したものだけでなくいろいろな菓子を、田島周防守は、幸への土産として持たせてくれた。

「かたじけのうございまする」

屋敷を出たところで、もう一度志真佑は深々と頭を下げた。

菓子は高い。町人が物見遊山に出かけるとき、屋台や店で買う桜餅や団子などは、小銭で足りるが、暖簾《のれん》のある名店が作ったものは一つで百文をこえることもあった。

その日の暮らしに困るほどではないが、二百石の軍役は侍二人、足軽《あしがる》一人、小者三人となっている。すでに戦国の世を離れて二百年以上、武家全般の経済的な困窮もあり、軍役をそのまま守っている者は滅多にいない。特にあるていどの禄を出さなければならない侍や足軽を抱えているところは少なく、北条家では足軽一人、小者二人だけに減らしている。

それでも足軽一人に三両一人扶持《いちにんぶち》、小者一人に金二両一人扶持ほどの金がかかる。一人扶持は年間五俵にあたるため、合わせておおよそ十三両かかる。さらに女中一人、全員の年間の食費などが要る。年間収入百両ほどでは、とても菓子や煙草《タバコ》などの嗜好品《しこうひん》までは手が回らなかった。

「戻った」

行きよりも大きく開かれた表門は、水打ちだけでなく、明かりを入れてはいないが紋入りの提灯《ちょうちん》まで飾り付けられていた。

「……………」

さすがの飾り付けに、一瞬志真佑が唖然《あぜん》となった。

「お帰りなさいませ」

言葉を失っている志真佑の前に、幸が現れた。

「お、おお」

志真佑はまだ落ち着いていなかった。

「よ、喜べ……」

「ご首尾はなかで」

「そ、そうだな」

妹に諭されて志真佑が少し正気を取り戻した。

四

北条家から叔父相模八左衛門のもとへ、小者が走った。

「主、お役目を命じられましてございまする」

「そうか。すぐに参る」

非番であった相模八左衛門が袴に羽織を摑《つか》んで駆けだしかけた。

「旦那さま。みっともないまねはなさいますな」

気もそぞろな相模八左衛門をその妻、家付き娘の二重《ふたえ》が制した。

「相模家の者たるもの、身だしなみをおろそかになさいますな」

「そ、そうであった」

妻に叱られた相模八左衛門が、急いで紋付の羽織を身にまとった。

「行って参る」

「お早いお帰りを。お祝い事ゆえにと酒《ささ》を過ごされませぬよう」

二重に注意を受けて、相模八左衛門が屋敷を出た。

「待ちなさい。北条家の者」

北条家の小者を二重が呼び止めた。

「残って、詳細を話しなさい」

「へい」

二重の指図に小者が応じた。

「……………」

妻の気が小者に逸《そ》れたのをよいことに、相模八左衛門が早足になった。

旗本、御家人は、「いざ鎌倉」でないかぎりは走ることを許されていなかった。

「何ごとだ」

「戦が始まるのではないか」

武士が走るだけで、それに気付いた者も動揺する。それは要らぬ混乱を呼び、城下町によろしくない影響を及ぼすからであった。

しかし、それも厳格に守られていたのは五代将軍のころまでであった。武家の気風が怠惰に流れるにつけ、長年の慣習は廃《すた》れていき、今では袴をはかずに出歩く旗本も見られるようになっている。

袴を身につけない格好を着流しといい、そもそもは犯人捕縛のため走ることが職務である町奉行所の同心《どうしん》くらいしかせず、蔑称とされていた。

もちろん、着流しで外出するような旗本、御家人は、小普請組に属し、そこから抜け出ようという苦労をするより、放埒《ほうらつ》な生活に流れた者である。

つまり、世間に白い目を向けられる。そうならないように、二重が夫に注意をしたのであった。

「……八左衛門じゃ。志真佑どのはどこだ」

養子に出たとはいえ、北条が実家には違いない。普段、志真佑を叱るときとは異なった口調で、相模八左衛門が家人《けにん》に問うた。

「居間でお待ちいたしておりまする」

月に三度は主の尻を叩いてくれる一門の長者のことを、家人は尊敬していた。

「……どうであった」

居間に飛びこんだ相模八左衛門が、志真佑を見るなり訊《き》いた。

「叔父上、まずはお座りくだされ」

志真佑が嘆息しながら、敷物を指さした。

「そんなことより、何役を仰せつかった。亡兄に報告せねばならぬ」

腰を下ろすことなく、相模八左衛門が急《せ》かした。

「はい」

志真佑が相模八左衛門に正対した。

「本日、御支配田島周防守さまより、西丸書院番二番組岩村周防守さまの組下へ属するようにとのお指図を承りましてございまする」

「……書院番か。与力や同心ではないのだな」

相模八左衛門が念を入れた。

「書院番士として出仕いたせと」

「おおっ。おおっ」

胸を張った志真佑に、感動した相模八左衛門が両手で顔を覆った。

「叔父上」

志真佑も思わず立ち上がった。

「家の繁栄も約束された……」

相模八左衛門が指の隙間から声を漏らした。

小姓番と書院番は、旗本名誉の役目とされていた。小姓番は将軍側近くに仕えるため、その目に付きやすく、立身しやすい。書院番は将軍家の行事である狩り場における指揮を預かり、その獲物の成果で顔を覚えてもらえる。

格上の小姓番は、そこから大番組頭、駿府《すんぷ》城代、甲府城代などへ転じて、町奉行や勘定奉行まで昇る者もいた。

　そして書院番は、小姓番より家柄で落ちるため、さほどの役への栄転は難しいが、それでも無役よりは有利な場合が多かった。もちろん、どれも多くの役料をもらえるだけでなく、足高《たしだか》も受けられる。

　足高とは、幕府中興の祖と崇《あが》められている八代将軍吉宗による人材登用策である。吉宗が御三家《ごさんけ》紀州《きしゅう》から将軍になったとき、三代将軍家光《いえみつ》以来続いていた幕府の財政は、完全に破綻していた。歴代の将軍が財政にまったく興味がなかったため、新たな振興策は採られず、ただ無為に金を遣い続けてきたのだ。

「これでは幕府は金に負ける」

　生母の出自がよくないため、長く和歌山城下での生活を続けてきた吉宗は世間を知っていた。

「改革をおこなう」

　抵抗を排して、吉宗がおこなった改革の一つが足高であった。

　それまで旗本が役に任じられると家禄の調整がなされた。その役目をするにふさわしいだけの石高より多い場合はそのままだが、少なければその分を足されるのだ。

例をあげると二千石の旗本が役高三千石の江戸町奉行になったとしたら、不足分の千石が加増される。そしてこの加増は、失策を犯して咎められない限り、そのまま本禄として子々孫々まで受け継げる。

「愚か者に……」

父親が優秀でも跡継ぎができるとは決まっていない。というより、仕事のできる男は子育てに手間暇をかけられないことが多い。

「三千石の大身である」

こうして享保《きょうほう》のころには、役立たずの大身旗本が江戸に溢《あふ》れた。また、役高制もそれに輪をかけた。

「身分をわきまえよ」

小身ながら能吏であった者を引きあげようにも、石高が足りないということになり、重い役目が無能に占められていた。

「増やせばいいというものではない」

役高制の欠点を見抜いた吉宗は、役目に就いているときだけふさわしくあればよいとの考えに至り、転任、隠居などで退職になったときに取りあげる足高を考えついた。

　これが大きな要因になったわけではないが、吉宗の質素倹約は大きな効果を発し、底の見えていた幕府の金蔵は満ち、空になった大坂城や駿府城、甲府城の蔵には百万両ずつの金が蓄えられた。

　しかし、それも吉宗が死ぬまでのことでしかなかった。九代将軍家重《いえしげ》の代になると足高制は破棄されはしなかったが、在職十年をこえれば役高に加増されるという抜け道のような法度が生まれた。

　小普請組の者が目の色を変えて役付になろうとする理由は、ここにもあった。

「書院番は持ち高勤めで御加増はないが、未来《さき》があるお役目じゃ。よかった、よかった」

　相模八左衛門がふたたび歓喜した。

「よくぞ、よくぞ。長きにわたり、叱咤《しった》激励をくださいました。これもすべて、叔父上のおかげでございまする」

「いいや、北条家の先祖が忠義を尽くしてきたこと、そしてそなたが逢対に通い続けたことが、実を結んだのだ」

相模八左衛門が顔から手を除けた。

「仏間に参るぞ」

「はい」

叔父と甥は、仏間で吉事を報告した。

新たに役目を受けた者は、城内の決まり事や役職独特の慣習などをなに一つ知らない。

「このたび、組中の隅に加えていただくこととなりましてございまする。右も左もわかりませぬ新参でございまする。どうぞ、よろしくお引き立てのほどをお願い申しあげまする」

まずは挨拶の品を持ち、同役となる先達のもとを訪れるのが慣例であった。

志真佑は田島周防守から添え状をもらって、十年書院番をしている先達戸尾《とお》右門《うもん》に指南役を願いに出向いた。

「二番組の戸尾右門でござる。貴殿も二番組でござるか」

「わたくしも……と言われますると」

「今回、大きな組み替えがござっての。あのことで、元の書院番二組が潰されたことは」

「あのこと……松平外記どのの」

「北条どの」

刃傷事件の主犯の名前を出したところで、戸尾右門が首を横に振った。

「その名前は、城中では禁句でござる」

戸尾右門が諭した。

「……なるほど」

志真佑が一拍の間を置いて納得した。

酒井山城守、大久保六郎右衛門と二人の上役がお役御免になっただけでなく、書院番のなかで先達が新参に横暴を働いていたと、世間に知られてしまったのだ。名誉ある書院番としては、少しでも話が広がるのを防ぎ、できるだけ早く騒ぎが忘れられることを願って当然であった。

「その結果、組内がややこしいことになっておってなあ」

戸尾右門がため息を吐《つ》いた。

「ややこしいことでございまするか」

「これじゃよ」

少し慣れてきたのか、戸尾右門の口調から初対面の硬さが取れ始めた。

「ご挨拶の品に、なにか」

戸尾右門が指し示したのは、志真佑が持参した白絹五反であった。

「あの一件の大元にはこれもあったと、ご老中水野出羽守さまが仰せられてな。書院番のなかで、受け取りがたい雰囲気にの」

「はあ」

それがどういうことなのかを、無役だった志真佑はわかっていなかった。

「音物《いんもつ》を受け取れぬ。となれば、指南役ではないということになるであろう」

「ああ、指南役がおられぬ」

志真佑が戸尾右門の口にした意味を理解した。

「それでは、お役目がうまく回りませぬ」

「そこじゃ」

もう一度戸尾右門が嘆息した。

「しかもそれを、多くの新参者どもが喜んでおるのだ。たしかに本多伊織、戸田彦之進らはやり過ぎていたがの」

戸尾右門が苦い顔をした。

「役目に就くという慶事の場でする話ではないな。ということでの」

「お待ちあれ」

先達の言葉を遮るのは、無礼になる。わかっていて志真佑は、戸尾右門に最後まで言わせないようにした。

「これは気遣いをしていただきたいというためのものではございませぬ。北条家に訪れました吉事のお裾分けでございまする」

「……吉事のと言われては断れぬな」

理由さえ整えば、問題はない。

戸尾右門がうなずいた。

「どれ、祝いとなれば、一献参ろうか」

長年、当たり前だった余得を取りあげられたばかりである。そこに見事な言い訳を付け加えた志真佑を、戸尾右門は機嫌良く誘った。

「……おめでとうござる」

「お祝いのお言葉、かたじけなく」

酒の膳が二人の前に出された。

「内大臣《ないだいじん》さまの御身辺警護をいたすのが、西丸書院番のお役目である」

杯を傾けながら、戸尾右門が西丸書院番について語った。

内大臣とは十一代将軍家斉《いえなり》の嫡男家慶《いえよし》のことだ。子だくさんで知られる家斉の次男で、母は家斉の側室、旗本押田敏勝《おしだとしかつ》の三女であり、長男竹千代《たけちよ》が早世した後、後継者に指名された。

「西の丸には、世子さまあるいは大御所《おおごしょ》さまがおいでのとき以外は、書院番は置かれぬ。これは小姓番と同じであり、ご信頼の証《あかし》でもある」

「心いたしまする」

教えられるほうが酒を呑《の》みながらでは問題がある。志真佑は杯を置いて、耳を傾けた。

「もちろん、西丸書院番の主なお役目は、世子さまの御成の供をいたすことではあるが、内大臣さまはまずお出ましにならぬ。寛永寺《かんえいじ》へのご祈願、増上寺《ぞうじょうじ》への御回《ごえ》向《こう》が年に幾度かあるだけじゃ。四組しかない西丸書院番でも、一年に一度回ってくるかこないかである」

「年に一度……」

「そうじゃ。世子さまとはいえ、お出かけとなるといろいろ手間がかかる。寛永寺や増上寺への連絡は当然、お通りになる経路にも清掃を命じ、当日、大番組も出る。世子さまの乗られた駕籠を二階や三階などから見下ろすことのないように、町役人に命じて窓の封鎖もさせなければならぬ」

「それは大事でございますな」

戸尾右門の話に、志真佑が目を見張った。

「うむ。それを内大臣さまは、お気遣いになり、ほとんど御成はない」

将軍、大御所、世子の外出は御成と呼ばれ、万一に備えて厳重な警衛がなされた。歴代将軍で御成を好んだのは、初代家康、三代家光、五代綱吉、八代吉宗、九代家重の五人とされ、十代家治《いえはる》、十一代家斉は、先祖の供養なども代参ですませてほとんど江戸城から出なかった。

「ということは西丸書院番のお役目は、城内での警固」

「うむ」

確かめるように問う志真佑に、首肯した戸尾右門の顔色は悪かった。

「その城中で、書院番は恥を晒《さら》した」

「………」

書院番同士の刃傷だけならば、まだよかった。武で仕える者同士、どちらの腕が上かでもめての刃傷沙汰とごまかすこともできた。

幕府は天下を武で治めるものである。その直率《じきそつ》たる旗本が軟弱では、天下に示しがつかない。ゆえに武を競っての刃傷沙汰であれば、本人たちは城中での抜刀を咎められ切腹になるが、家は潰されないし、上司はせいぜい譴責《けんせき》ですむ。

しかし、今回のは武ではなく、新参者への嫌がらせが原因であるうえ、襲われた者が誰一人抵抗せず、逃げ回るという醜態を露《あら》わにした。

「旗本も落ちたものじゃ」

世間の失笑を買った。

すなわち幕府の面目が潰されたのだ。

「恥よな」

「両番などとおこがましい」

「一緒にされるなど」

　幕臣たちの目は書院番に冷たい。

「名誉であったのだがな」

　酒の酔いも覚めんばかりの顔で戸尾右門が嘆いた。

「おぬしもせっかくのお役が、これではの」

「いえ、小普請を抜けられただけでも光栄でございまする」

　慰める戸尾右門に、志真佑が首を横に振った。

「さて、では、少しだけ先達らしいまねをしよう」

　戸尾右門が膳を脇にずらした。

「まず、西丸書院番の役目は、朝からの請取当番、夕番、泊番がある。請取当番は、五つ（午前八時ごろ）、夕番は四つ、泊番は夕七つ（午後四時ごろ）までに、江戸城表御殿虎之間に出る」

　西の丸ではなく本丸へ出勤と知った志真佑が驚いた。

「書院番の溜《た》まりは、虎之間である。ここで出勤したことを勤番帳面に記し、西の丸の二階にある書院番休息の間へ移る」

「………」

志真佑がじっと聞いた。

「ここで当日の当番役に挨拶をし、請取当番なら泊番、夕番ならば請取当番からの申し送りを受ける」

「はい」

「基本は先ほど申したようにそのまま休息の間に詰めるが、まれに御成がなくとも御駕籠玄関の警固や西の丸巡回などの役目が、組頭から与えられることがある」

ていねいに戸尾右門が続けた。

「役目については慣れるしかないゆえ、実務が始まってから先達のしていることをまねるといい」

「そういたしまする」

戸尾右門の助言に志真佑がうなずいた。

「あと登城のことだが、書院番は馬廻りになるが、馬上での出勤は、組頭以外はとくに許された家柄だけのものと心得ておけ」

「徒《かち》でよろしゅうございまするな」

馬を用意しろと言われたら困る。馬は厩《うまや》に厩番、さらに秣《まぐさ》と金がかかり、二百二十五石ではとても飼えない。

「徒がよい。裃《かみしも》姿で、槍持《やりもち》を一人、弁当や泊番用の夜具などを入れた挟み箱持ちを一人伴うのだぞ」

「供二人でございますな」

それならば、士分でなくてもことたりる。

志真佑が安堵《あんど》した。

小者の給与は安い。小普請金を出さなくてすむとなれば、一人や二人雇い入れても家計に響くほどではなかった。

「二百石であったかの」

「いえ、二百二十五石でございまする」

念を入れた戸尾右門に志真佑が訂正を入れた。

二十五石とはいえ、それでも先祖が命を懸けて手に入れ、代々増やすことはできなかったものの維持してきたのだ。たとえ一石、一俵といえどもおろそかにはできなかった。

「さようか」

だが、八百石の戸尾右門はあっさりと流した。

「とりあえず、二百石は書院番のなかでも少ないほうじゃ」

「はあ」

また二百石と言われたことに志真佑がため息を吐いた。

「組頭は役高一千石であるが、番士は一応三百俵とされている」

三百俵は、知行所を持っておらず年に三回幕府から扶持米を支給される扶持米取《ふちまいど》りという者が書院番となるために必須の家禄であった。幕府は一石と一俵を同じとしている。つまり、三百俵は三百石になる。これを厳格に守るならば、北条志真佑は書院番たる家格には届いていないことになる。

とはいえ、一所懸命という言葉があるように、武士は土地の所有を争う者である。結果、知行所持ち以外は武士ではないと考えている者は多い。事実、宴席などで知行所持ちと扶持米取りが出会うとその家禄の多寡にかかわりなく、知行所持ちが上座に着いた。

過去にも小野《おの》派一刀流の創始者小野忠明《ただあき》の嫡男忠常《ただつね》が二百石で書院番になったなど、例外は多い。ちなみに小野忠常は書院番であり続けたが、その精勤を愛《め》でられて家禄を八百石まで引きあげられていた。

「あの一件以降、馬鹿なまねをする者は減ったが、おもしろくないと思う者もいよう」

三百俵に届いていないことで志真佑が書院番にふさわしくないと考える先達はいると、戸尾右門が警告した。

「あまり派手なまねをするなと」

「…………」

確認する志真佑に、戸尾右門が無言で首を縦に振った。

「よいか、書院番は名誉の役である。父が書院番であったならば、まちがいなく嫡男も小普請になることなくお役に就けるはずだ」

書院番と小姓番は、徳川の武の象徴なのだ。その武を貶《おとし》めるようなまねは、将軍が許さない。松平外記の一件への処分は、書院番の堕落を将軍が厳しく戒めたものなのだ。

刃傷の当事者である松平外記が自裁したというのもあるだろうが、減禄されることなく、家督は嫡男に無事継がれた。

対して、松平外記へのいじめをしていた者、知っていて見過ごしていた組頭などは、切腹は命じられなかったものの、放逐、家格落ち、減禄、隠居退身と咎めを受けている。

「公方《くぼう》さまはお厳しいお方である」

あらたまった姿勢で戸尾右門が口にした。

十一代将軍家斉は、三十人近い側室を抱え、五十人近い子をなしている。政《まつりごと》に熱心ではなく、寵臣《ちょうしん》と趣味の囲碁や謡《うたい》で一日遊んで過ごすだけだったのが、今回は老中たちのなだめるのも聞かず、厳罰に処した。

「書院番は変わる。心せよ」

最後に戸尾右門が志真佑に警告をした。

第二章　役付の誉れ

一

初出仕というのは、緊張するものである。

「兄上、ご仕度を急がれますよう」

本人もうわずっているが、妹の幸のほうが舞いあがっていた。

「落ち着け、まだ夜も明けておらぬ」

「そういう兄上こそ、昨夜寝ておられませぬでしょう」

「なぜ知っている」

「灯《あか》りが漏れておりました」

知られていたかと驚いた志真佑に妹が答えた。

「そなたも寝ておらぬのか」

志真佑があきれた。

「北条家の一大事でございまする。のんびり横になどなってはおれませぬ」

幸が返した。

「……そうか。そうであるな」

あらためて志真佑が納得した。

「感謝している」

姿勢を正した志真佑が妹に頭を下げた。

「兄上……」

幸が大きく目を見開いた。

「苦労をかけた。そなたの嫁入りが遅れたのも、吾が真面目に猟官の動きを取らなかったからである」

「兄《にい》……さま」

幼いころの呼び方で幸が志真佑を呼んだ。

将軍家にお目見えのできる旗本とお目見えの許されない御家人の間には深い溝がある。養子の場合は、行き場のない次男以下や当主の弟といった厄介者を御家人に押しつけることができる。お目見えの血筋を系図に加えられると、旗本側だけでなく御家人側も得になる。しかし、その他はなかなかに難しかった。

基本、武士の系譜は母親を気にしない。系図に出てくるのは誰々の女《むすめ》あるいは、某の生母という形になり、名前もよほどでなければ記されない。とはいえ、生母の出自は後で大きく影響をしてくる。

「書院番に空きがあるが……こやつではふさわしくないの。生母がお目見え以下じゃ。某のほうが林家塾《りんけじゅく》での成績は劣るが、母が五百石の出である」

競争になったとき、生母の差は大きく影響する。

結果、御家人の娘が旗本に嫁ぐというのは難しい。

では、旗本の娘が御家人にというのはどうか。

「御家人しか嫁に迎えてくれなかった」

まず嘲笑の対象になる。

「縁切りをいたす」

矜持の高い一門が、絶縁を申しこんでくることもある。

戦がなくなり、手柄を立てての出世が望めなくなったからか、旗本は頑《かたく》なに格式を堅持したがる。

旗本の娘が御家人に嫁ぐのは、まず離縁されて戻ってきたか、病がちかなにかで嫁《い》き遅れたか、なにかしらの理由があった。

「これでそなたにも縁談は来るだろう」

旗本の北条家の娘が実家に残っていたのは、縁談がなかったからであった。言うまでもなく、志真佑が小普請組であったからだ。

小普請組に数年以上いるということは、有力な伝手《つて》を持っていないとの意味でもあった。さらに役料や足高はなく、小普請金を払わなければならないために裕福ではなかった。

それでも石高が五百石もあれば、多少話は変わるのだが、北条家は二百二十五石と、お目見え以上の底辺とされる百八十石から二百石に近い。

どう考えても縁を繋《つな》ぐだけの意味がない。

結果、幸は人並み以上の器量を持ちながらも、嫁入りできていなかった。

「わたくしよりも、兄さま……いえ兄上のことが先でございましょう」

幸に輿入《こしい》れの話がないのだ。志真佑にも縁談はなかった。

「まだ早い……とは言えぬなあ」

武士の最大の務めは家を継いでいくことであった。

最近はいくらでも手はあるが、それでも跡継ぎなしはお家取り潰しが原則である。

「とはいえ、とりあえずお役目が大事である。今はそちらに気を割く余裕はないな。なあにどうせ叔父上が適当な縁談を用意するだろう」

「それでは困りまする」

笑い話で終わらせようとした志真佑に幸が険しい顔で言った。

「兄上はこれからもご出世なさいまする。五百石、一千石も夢ではございませぬ。先を見据えたお相手を見つけていただかなければ……」

「千石なんぞ、先を通りこしておるわ」

志真佑が妹の高評価に苦笑した。

「おっと、そろそろ出かけなければならぬ」

すでに夜は明けていた。

「行って参る」

「お早いお帰りをお待ちいたしておりまする」

幸が深々と頭を垂れた。


登城する大名や旗本は主に五つから増える。

志真佑の出かけた刻限は、人影もまばらであった。

「おはようござる」

大手門を潜るとき、志真佑は足を止めて門衛に向かって頭を垂れた。

「通られよ」

門衛は礼に応じることなく、志真佑を促した。

「ご免」

志真佑は城内へ入った。

大手門の警衛は書院番の役目の一つである。志真佑は先達らへ初任の挨拶をするつもりで礼をしたのであった。

「本日より、書院番に勤めまする。北条志真佑でござる。よしなに」

　大手門から下乗口《げじょうぐち》、中御門《なかごもん》を通れば城中である。そこには高家や大目付、奉行らを迎えるためにお城坊主が待機していた。

「よいか。なにがあっても城中で坊主の機嫌を損ねるな。もちろん、武士が坊主におもねてはならぬが、あやつらは至極面倒である」

「どのようにいたせば」

　酒を呑みながらの話のおり、戸尾右門の嘆息にその対応を訊いたことを志真佑は思い出していた。

「金じゃ。金を渡せば坊主は役に立つ」

「……どのように」

　貧しいとは言いたくないが、余裕のある生活を送ってきていない志真佑にとって金は貴重なもので、無駄遣いはしたくない。

「いろいろな噂《うわさ》を聞かせてくれる。また、城中でわからぬことがあったときに教えてくれる。なにより……」

　戸尾右門が間を空けた。

「いざというとき、権門への手引きをしてくれる」

「権門……」

志真佑が息を呑んだ。

北条家は名門である。関東の雄北条氏の一門として、相模に知行地を持っていた。

といったところで、本家にあたる河内《かわち》狭山《さやま》の北条相模守氏喬《うじたか》の家とは、豊臣秀吉《とよとみひでよし》のころからまったくつきあいがなかった。

「降伏した北条氏が一族と親しく通交していては、謀反を疑われてもやむなし」

関東二百万石という大領を誇っていた北条氏は、天下人豊臣秀吉の前に抵抗らしい抵抗もできず、城門を開いた。

北条氏政《うじまさ》、氏照《うじてる》ら一門の重鎮が切腹するときの介錯《かいしゃく》を許された氏規《うじのり》は、天下人の恐ろしさを心と身体《からだ》に刻みこまれた。

「決して天下人には刃向かうべからず」

氏規は実子で河内狭山藩の初代藩主となった氏盛《うじもり》に言い聞かせ、一門の結束を崩した。

もっとも三カ村ほど、合わせて二百八十貫、石高にして五百六十石ていどしかなかった志真佑の先祖なんぞ、端《はな》から一門扱いを受けてはいなかったので、その影響は気にするほどではなかった。それで、関東指折りの名門ながら、幕府のなかに志真佑は引きを持っていなかった。

「ただし、かなりの金が要るがの」

「また金でございまするか。いかほどで」

少しあきれながら志真佑が問うた。

「坊主は左右に二人控えておるでの。北条どのが禄高なれば、さほどは要るまい。そうよな、挨拶の意をこめて一人一分《いちぶ》も出せばよかろう」

「一分……」

言われた志真佑が渋い顔をした。

一分はおよそ一千五百文ほどになる。米ならば凶作でもない限り二斗以上買え、人足なら五日は雇える。

「渋るな。お城坊主に吝嗇《りんしょく》だと思われれば、後々仕事がしにくい」

「ですが、毎回一分は、いささか」

まだ志真佑がためらった。

「毎回ではないわ。お城坊主も馬鹿ではない。いや、金のことなれば勘定方並みじや。二百石の旗本がどのていどの金を出せるかなど、わかっておる。最初だけ一分で、あとは一朱《いっしゅ》で十分」

戸尾右門が手を振った。

一朱は一分の四分の一、およそ四百文弱である。人足の日当が二百八十文から三百文ほどなので、さほどの負担にはならない。

「それに毎日お城坊主に用などあるまい。屋敷ではすべてを家臣がしてくれるお偉方ならば、一人で厠《かわや》にも行けぬし、茶も煎《い》れられぬゆえ、坊主の手を借りるが、そなたはそれくらいできるであろう」

「もちろんでございまする」

厠への案内など子供でもあるまいし、不要であった。

「忘れるなよ」

しつこいくらい釘を刺した戸尾右門の顔を、志真佑は苦笑とともに思い浮かべた。

「さりげなくと言われたが……」

今まで他人に心付けを渡したことなどなかった。

武士は外食をしないし、旗本は泊まりでの外出を許されていない。出入りの商人や使いの者などへの応対は、母が亡くなってから北条家の内政を預かる幸の役目になっている。

「ご当主さまたる兄上がなさることではございませぬ」

幸が志真佑に手出しをさせなかった。

「御坊主どの」

他人気《ひとけ》が少ないのを確認して、志真佑がお城坊主に声をかけた。

「なにか」

少し志真佑に近かったお城坊主が応じた。

「このたび西丸書院番二番組に配された北条志真佑でござる。これからなにかとお世話になりもうす。こちらを挨拶代わりにお受け取りをいただきたい」

「これはおめでとうございまする」

役目に就くのは旗本の本懐である。まずお城坊主が祝いを口にした。

「同朋衆《どうぼうしゅう》の五十島《いそじま》周典《しゅうでん》でございまする。なにかございましたら、遠慮なくお申し付けを」

五十島周典と名乗ったお城坊主が一礼した。

「あちらの同朋衆にも」

志真佑がもう一枚一分金を出した。

「これは、お気遣いを。笹《ささ》どの」

「わたくしにまで、ありがたく存じまする」

するすると膝で近づいたもう一人のお城坊主が喜んで受け取った。

「早速でございまするが、虎之間へは」

志真佑が尋ねた。

「この刻限ならば一人ここを離れても大丈夫であろう」

「であるな」

二人のお城坊主が顔を見合わせた。

「ご案内仕《つかまつ》りましょう」

五十島周典が、小腰をかがめる独特の格好で先に立った。

二

刃傷事件の影響は、関係した旗本たちに大きな影響を及ぼした。

なかでも西丸書院番士だった曲淵大学英芳《てるよし》の憤懣《ふんまん》は酷《ひど》かった。

「なぜ、余が……」

「終わった……」

「お取り潰しにならなんだだけよかった」

西丸書院番二番組番頭酒井山城守は名乗りを和泉守《いずみのかみ》と変えて、おとなしく逼塞《ひっそく》していたし、二番組組頭大久保六郎右衛門は小動物の如《ごと》く身を縮めるようにしている。

しかし、曲淵大学は処罰に納得していなかった。

「こんな馬鹿をするとは思わぬだろう」

曲淵大学が苦い顔をした。

松平外記を凶行に走らせる直接の原因となった、本多伊織と親しく交流をしていたのはたしかであった。

どちらも小普請支配《こぶしんしはい》から推挙されて書院番士となったという経緯《いきさつ》、就任した時期も比較的近い。

小普請支配というのは、無役の旗本たちを幕府へ推挙するのが本来の役目であった。

幕府には数万の旗本がいた。これが戦時ならば、戦う者、策を考える者、小荷駄を支配する者と、大雑把に分けるだけですんだ。

しかし、泰平になると最大の分類であった戦う者が不要になる。もちろん、すべていらなくなるわけではない。城を守る者、将軍を守る者など警固の者と、江戸の治安を維持する者など、武力を表にする役目はあるが、戦時に比べれば半分もいらなかった。その余っただけの旗本を幕府のどの役職に就けるのかは、大きな問題であった。

本来なら将軍か老中、若年寄《わかどしより》が面談して適性を見るべきなのだが、そんなことができるはずもない。そこで小普請支配が生まれ、その役目を代行することになった。

といったところで、時が経《た》つにつれて役目は形骸化し、引きや欲目や金に影響を受けるようになった。

曲淵大学、本多伊織もその典型であった。

その名前からわかるように、曲淵大学は甲州《こうしゅう》武田《たけだ》家の武将勝左衛門《しょうざえもん》吉景《よしかげ》の子孫で、武田家滅亡の後、徳川の臣となった。優秀な人材を輩出し、功績もあり、分家も多い。

また、本多伊織は、かの徳川四天王の一人本多忠勝の末裔である。

どちらも旗本のなかの旗本と言える名門であった。

幼いころから先祖の手柄を聞かされ、それに恥じないように努めよという教育も受ける。

それだけに矜持も高い。

だが、それは旗本すべてに共通することであり、曲淵大学と本多伊織が特別というわけではなかった。

役目に就いたばかりの新人を、指導するという口実で、玩具のようにいじるのはどこでもあることであった。

皆、一度はその洗礼を受けている。

曲淵大学と本多伊織も書院番士になって一年くらいは、先達からいろいろやらされたし、弁当や湯茶、酒肴《しゅこう》の用意もさせられた。

「弁当に小便をかけるなど、多少やり過ぎたとは思うが……誰もが通る道ではないか。それを……」

曲淵大学の不満は松平外記へ向かっていた。

「このまま無事にいけば、西の丸さまが公方さまになられるとき、小姓としてお供するはずであった」

名門旗本の曲淵家は、小姓組に配されることが多かった。

小姓組は将軍のすぐ側に控え、太刀《たち》持《も》ち、話し相手、武芸の稽古相手、将棋囲碁といった遊戯の相手などを職務としている。

直接将軍と触れあうだけに、その目に留まりやすく、思いがけない出世を遂げる者もいる。かなり古い話になるが、三代将軍家光のとき、小姓組だった松平伊豆守《いずのかみ》信綱《のぶつな》、阿部《あべ》豊後守《ぶんごのかみ》忠秋《ただあき》らは老中にまで出世している。小姓組ではないが、やはり将軍の側近くに仕える小納戸《こなんど》から老中格に昇った柳沢《やなぎさわ》美濃守《みののかみ》吉保《よしやす》の例もある。

まさに小姓組は旗本垂涎《すいぜん》の役目であった。

小姓番と並んで両番と称されてはいるが、将軍外出の警固と諸門の警衛を任とする書院番には、そういった機会は少ない。

なにせ将軍が出歩かなくなって久しいからであった。

書院番から小姓番を経て、栄達するというのが番方旗本の順路であり、夢でもあった。

「腹なんぞ切りおって」

松平外記の切腹にも曲淵大学は不足があった。

いじめられて、我慢できずに刃傷に及んだ。

これだけならば、まだどうにかなった。

曲淵、本多、酒井、大久保と、今回のことで糾弾された者たちは、幕府への影響力を持っている。本人ではなくても、一門には老中を出した家もある。

「松平外記、乱心」

こうしてことを収めることもできた。

乱心となれば、斬りつけられたほうに罪はないとできる。

それが松平外記は従容《しょうよう》と切腹した。

乱心者は切腹しない。なにせまともではないのだ。つまり切腹するということは、乱心していないとの証明になった。

「意趣遺恨の遺言なども遺《のこ》していた」

恥どころではない事件である。表沙汰になったときの影響は、大きいどころの話ではすまなかった。

「隠せ」

といったところで、人が死んでいる。さすがになにもなかったでは世間に通らない。

「少しでもことを小さく」

酒井山城守らが考えたのは、被害を少なく見せるということであった。

「板戸に付いた血は洗え、畳は新しいのを手配いたせ。斬られた襖は、予備と交換いたせ。朝までに片をつけねば、知られるぞ」

それこそ西丸書院番すべてが走り回った。

「お医師、まだ死んでおらぬな」

一撃で殺された本多伊織、沼間左京、戸田彦之進らを検死した表御番医師を西丸目付阿部四郎五郎が脅した。

「重傷である。戸板に乗せて屋敷へ」

表御番医師を無理矢理制して、三人は生きている体《てい》で下城させた。

「松平外記、乱心いたしたが、我にかえって責を取って切腹」

討ち果たしたとすると乱心かどうかの調べが入る。乱心となれば、被害者は慰労を受け、治れば現役への復帰が認められるし、敢《あ》えなくなったり、務めを果たせなくなったとしても、跡継ぎにそれなりの待遇をしてもらえる。目付阿部四郎五郎が第一報を訂正した。

だが、松平外記は大奥に勤める叔母に書院番でのいじめについて書き残していた。

「恨みによる凶行」

これは喧嘩扱いとなった。

喧嘩両成敗は幕府の祖法である。喧嘩の原因、勝ち負け、傷の有無など一切考慮せず、かかわった者たちは咎めを受ける。死人さえ見逃されることはない。

こうして曲淵大学は、巻き込まれた結果、役目を失い、表《おもて》五《ご》番町《ばんちょう》から牛込へと屋敷替えを命じられた。

幕府創生期、番方旗本たちに与えられたことから番町と名付けられた場所は、江戸城にも近く、名誉あるところであった。そこから御門内とは名ばかりの外郭である牛込への移動は、あきらかな左遷であった。

「出世が、加増が」

二千五十石という家禄に合わない古く狭い屋敷で、曲淵大学がぼやいた。

「このままでは先祖に顔向けができぬ。なんとしてでも、もう一度表舞台へとあがってみせる」

曲淵大学が血走った目で宣した。

「まずは返り咲かねばならぬ」

書院番への復帰を曲淵大学は考えた。

「小姓番はあきらめねばなるまい」

将軍の側近くに仕えるには、わずかな傷も許されない。だが、書院番の再出仕ならまだ目がある。

「金は積んだ」

すでに曲淵大学が配された小普請の組頭、室《むろ》賀《が》伊《い》賀守《がのかみ》には相当な金を渡している。

「貴殿のようにお役に立つべき者が、巻き込まれたとはいえ小普請組で髀肉《ひにく》の嘆《たん》を託《かこ》つなど御上の損失じゃ。さすがに今すぐとは参らぬが、いずれ機を見て御推挙いたそう」

思わぬ金額に室賀伊賀守はご機嫌で、曲淵大学を持ち上げた。

「機を見てか。一カ月か、二カ月か……」

曲淵大学が指を折って数えた。

お役御免、屋敷移転で曲淵大学への咎めはすんでいる。いわば、曲淵大学はその辺の小普請と同じであった。

「ちょっとな」

「他の者を頼みたい」

ただ、室賀伊賀守が推挙したとして、欠員の出ている役目をまとめている頭《かしら》が受け入れるかどうかは別であった。

「評判悪いのを……」

もし、松平外記の二の舞を演じることになれば、頭にも余波は及ぶ。

「欠員が出てくれねば……」

いかに室賀伊賀守が頑張ったところで、空きがなければ無駄なあがきになる。

辛抱できない曲淵大学が思案に入った。

北条志真佑は書院番の暇さ加減に慣れなかった。

「落ち着け」

戸尾右門が、じっとしていられないといった体の志真佑にあきれた。

「ですが……あまりにすることがなさ過ぎて」

志真佑が情けない顔をした。

西丸書院番は、本丸書院番と違って、江戸城諸門の警衛をしない。その代わり西の丸全体の警固をするが、夕番、泊番でおこなううえ、泰平でそうそう異変などない。それに江戸城へわざわざ盗みに入る者もいないし、気をつけるとすれば、火事くらいのものだ。

「なにもござらぬの」

「ご覧あれ、お堀に白鷺《しらさぎ》が群れをなしておりますぞ」

緊張感などなくなる。

「………」

なかには決められた順路を脇目も振らず、通り抜けるだけという輩《やから》も出てくる。

西丸書院番が設けられているということは、将軍世子あるいは大御所がいるということである。

「そなたが行け」

神君家康公をはじめとする歴代将軍あるいは御台所《みだいどころ》の忌日に増上寺、もしくは寛永寺へ将軍が参拝する慣例だが、十一代将軍家斉はこれを面倒くさがって、世子の家慶に代参をさせることが多い。

世子を守るのが西丸書院番の役目なのだが、将軍の代理の場合は本丸書院番が出張ってくるため、出番はほぼない。

そもそも世子にも小姓組は付いている。

書院番の出番は少なかった。

「暇だから、碌《ろく》でもないことをする」

志真佑は松平外記の一件の原因はそこにあると考えた。

だからといって、暇だから仕事を寄越せと上に談判する気はなかった。

「要らぬことをしおって」

そんなまねをすれば、たちまち他の書院番士から睨まれることになる。

「……」

無視をされるくらいならまだしも、

「仕事が欲しいのであろう」

他の者の仕事まで割り振られる羽目になりかねない。

「真面目《まじめ》にお役目を果たすか」

志真佑にはそれしかできなかった。

「夜回りに出て参りまする」

泊番の夜、決められた刻限に志真佑は声を出した。

「ご苦労じゃの」

ねぎらう先達もいるが、志真佑の相役は目を閉じたまま反応しなかった。

「放っておけ」

先達が小さく首を横に振った。

「はい」

志真佑は首肯して、書院番控えを出た。

「おい、あまりなまねをするな」

見送った先達が、寝たふりをしていた書院番士をたしなめた。

「あやつは堅物すぎて、疲れる」

寝たふりをしていた書院番士が嫌そうな顔をした。

「さっさと回れば小半刻（約三十分）ほどですむものを、あやつは廊下の隅々から空き座敷のなかまでたしかめるのだぞ」

「それが当たり前だろう」

「なにもおこらぬのにか」

「たしかに盗賊などはおるまいが、火事はわからぬ」

「火が出れば、明るくなる。それで気づくわ」

先達の言い分に、寝たふりをしていた書院番士が手を振った。

「そうか。注意はしたぞ」

先達があきらめた。

「……………」

寝たふりをしていた書院番士が、ふたたび目を閉じた。

三

書院番は今、冷たい目で見られている。

幸い、西丸目付も咎めを受けたおかげで、目付からの風当たりは柔らかいが、同じように江戸城の不寝番をする小姓組、新番組《しんばんぐみ》などからは蔑視と嘲弄の眼差《まなざ》しが向けられていた。

「ようやく役目を思い出したとみえる」

欠員補充として書院番士になった志真佑らは、小普請から脱却できたことで気合いを入れており、真面目に巡回をこなす。

「馬鹿をいじるからよ」

だが、今回の騒動に直接のかかわりを持っていなかった者たちは、まったく変わろうとしなかった。

というのも、酒井山城守たちが松平外記へおこなっていたようないじめは、大なり小なりどこでもやっていた。

「限度を見極めないからだ」

他の皆からしてみれば、松平外記を刃傷に走らせるほどのいじめはやりすぎであって、どこまでなら大丈夫かの線引きができなかった愚か者たちのしでかしたこと。そう、他人事《ひとごと》でしかなかったのだ。

「反省ができておらぬ」

それを老中水野出羽守はしっかりと見ていた。

将軍の住居であり、天下の政をおこなう江戸城は、厳粛でなければならない。騒動が起こらないのは当然、静謐《せいひつ》で勤める役人たちも有能。まさに天下の模範となるべき場所でなければならなかった。

「書院番が冷遇されていることはわかる」

水野出羽守は書院番士たちの不満を理解していた。

戦場での馬廻りの代わりとして将軍の守り、盾であれとして設けられたのが書院番であった。だが、天下太平が続き、将軍の身を狙う者がいなくなるにつれ、警固のありかたが変わった。

将軍外出の供をする。駕籠脇に従うのは書院番の役目という名誉も、御成がなくなることで形だけになった。

将軍御座之間《ござのま》に近かった詰め所も小姓組や新番組に奪われ、大番組の詰め所であった虎之間へと移される。

つまりは、将軍の近くから離されてしまった。

「気働きができる」

それに対して、将軍御座之間のうちで警固に当たる小姓組は、外出も食事もかかわりなく側近くにある。絶えず目に入るところにいるだけに、将軍の気に入りにもなりやすい。小姓組から先手組頭、小姓組頭から大番頭《おおばんがしら》など、番方に偏りやすいとはいえ出世の道もある。

「書院番は、詰まり役」

出世があまり見こめないと誰もがわかっている。なかには書院番から小姓番へと転じる者もなくはないが、それは強力な引きがある者に限られていた。

「小普請よりまし」

出世がないと思えば、必死で働く気にはならない。

下手《へた》をして免職されるよりは、なにもしないほうがいい。書院番士のほとんどは無役ではないことに満足していた。

「働かなくても同じ」

書院番士には役高三百俵が支給される。幕府の一俵は一石と同量なので、一年務めると五公五民として収入百五十石、金にして百五十両になった。

書院番は勤番三日、西の丸勤番一日、大手門などの門衛一日、本丸待機一日、西の丸待機一日、そして休日を繰り返す。もっとも西の丸に大御所、世子がいなければ西の丸待機はなくなるなど、かなり勤務体系は変化してきている。

それでも八日に一日の休みはもらえる。それで一カ月で十二両ほどの役料が入ってくる。

出世さえ気にしなければ、小旗本にとって書院番士は楽な役目であった。

「それが公方さまのお心を乱してしまったということをわかっておらぬ」

水野出羽守は憤慨した。

「目付も頼りにならぬ。なにが不偏不党じゃ。公方さまに直《じか》にお目通りを願って、他人《ひと》払《ばら》いをできるという特権はなんのためにある。いざとなれば、腹を切ってでも、正義を貫くためであろうが」

怒りは目付にも向いた。

「…………」

「出羽守さま、どちらへ」

無言で立ちあがった水野出羽守に、お付きの奥右筆《おくゆうひつ》が問うた。

「少し出てくる」

「お早くお戻りくださいますよう」

行き先と用件を口にしなかった水野出羽守に、奥右筆が釘を刺した。

老中は天下の政を担う。さすがによほどのことでもないかぎり、大名の領地内のことまでは口出しをしないが、それでもやることは山のようにある。

その莫大《ばくだい》な仕事を老中は五人ほどで片付ける。それだけでも大変であるのに、下僚が帰りにくいという理由で下城が八つ（午後二時ごろ）に決められている。朝も四つ過ぎの登城と決まっており、忙しいからといって早朝出務、居残りはできぬようになっていた。

老中が江戸城の御用部屋にいるのは、わずか二刻（約四時間）弱と短い。それこそ、厠へ行くのすら厳しい。

　奥右筆の言葉は正しかった。

「うむ」

　小さくうなずいて水野出羽守が御用部屋を出た。

「ご案内を」

　御用部屋を出たところで控えている御用部屋坊主が、水野出羽守に申し出た。

「目付部屋まで参る」

「こちらでございまする」

　行き先を告げられた御用部屋坊主が先に立った。

「出羽守さまでございまする」

　御用部屋坊主が声をあげながら歩く。

「…………」

「これはっ」

　老中が城内を歩いている。

　廊下ですれ違う大名、役人があわてて端へ寄り、膝こそ突かないが頭を垂れて敬意を表する。

「励め」

そのなかを水野出羽守は御用部屋坊主に先導されながら進んだ。

「どなたをお呼びすればよろしゅうございましょうか」

目付部屋に着いた御用部屋坊主が、水野出羽守に尋ねた。

「襖を開けよ」

誰とも指名せず、水野出羽守が御用部屋坊主に目付部屋を開けるようにと指示した。

「それはいたしかねまする。目付部屋はお目付さまでなければ、どなたさまも足を踏み入れてはならぬと決められて……」

「かまわぬ」

御用部屋坊主が無理だというのを、水野出羽守が遮った。

目付は大名、旗本を監察する。これは幕府の最高職である老中でも変わりない。

しかし、これが間違いであった。

幕府には大目付《おおめつけ》という大名を監察する役目があった。大目付は大名、目付は旗本、徒目付は御家人を、と管轄が区切られていた。

それが崩れたのは、四代将軍家綱《いえつな》の就任直前に由井《ゆい》正雪《しょうせつ》の乱が起こったからであった。

三代将軍家光の死から家綱へ四代将軍宣下が出されるまでの、天下に征夷大将軍《せいいたいしょうぐん》がいないという空白を利用して蜂起しようとした由井正雪の行動は、仲間内の裏切りで決行直前に阻止された。しかし、にもかかわらず幕府を大きく揺るがした。

「浪人どもを糾合して謀反を企《たくら》むとは」

由井正雪は、幕府によって取り潰しにあった大名家の家臣たち、禄を失うことで浪人となった者たちを集めて戦力としたのである。

「浪人は幕府の敵対者である」

創設以来、有力な外様《とざま》大名を潰して安定を図ってきた幕府は、ようやくそれが諸《もろ》刃《は》の剣《つるぎ》だと理解した。

「先祖の功を……」

「我らが土地を」

主君が罪を犯したから藩が取り潰され、家臣の皆が浪人になった。悪いのは藩主である。そう思う者は少なかった。

どのような大義名分があろうとも、己の糧《かて》を奪ったのは幕府なのだ。

「浪人に恨まれている」

ようやく幕府は、浪人の恐ろしさに気づいた。

「あまり強くはせぬように」

当初幕府は、大目付の力を抑えるだけですむと考えていた。

なれどそれは甘かった。

「柳生但馬守《やぎゅうたじまのかみ》のように……」

大目付の多くが手柄を欲した。なにせ先例がある。大目付が惣目付と呼ばれていたときに辣腕を振るった柳生但馬守は、その手腕を認められて六千石の旗本から一万石の大名へと立身していた。

概《おおむ》ね五千石内外の高禄旗本が大目付に任じられる。そう、己も頑張れば大名になれるのではないかと大目付たちは考え、職務に邁進《まいしん》しようとした。

「よろしくないの」

「歯止めでは意味がなかったか」

「手柄を欲しがるのは無理のないこと」

ときの執政たちはすぐに、大目付たちに手綱を付けられなかったことを知った。

「取りあげるしかないの」

「大目付という役目を廃するのか」

「幕府肝いりで作られた惣目付の流れを汲《く》む大目付を、なくすのはまずい」

老中たちが協議を重ねた。

幕府開闢以来いくつもの役目が廃されてきた。将軍の海遊びを司《つかさど》る網奉行、狩りを差配する殺生奉行など五代将軍綱吉の代になくされている。同じ時期、一時なくされた鷹匠《たかじょう》が、八代将軍吉宗によって復活されたという例もある。他にも管轄の変更に伴って廃されたり、復活したりを繰り返している堺《さかい》奉行というのもある。役目がなくなるのは、さほど珍しいわけではなかった。

「機が悪い」

なにより頃合いが悪すぎた。

天下を大騒動に巻きこんだ由井正雪の乱の記憶が風化するには早すぎるときに、大目付を廃したとあれば、幕府が大名取り潰しの考えをあらためた、いや後悔しているとさえ取られかねない。

「大目付から実権を取りあげる」

制止ではなく釘を刺す。上司からなにもするなと強く言われれば、役人の保身が働く。

「手柄を立てれば、うとまれる」

大目付はすぐに静かになった。出世より左遷の可能性が高くなったのだ。

だからといって、このまま大名を野放しにするわけにはいかなかった。大目付がなにもしないのをいいことに好き放題をされては、幕府の鼎《かなえ》の軽重が問われてしまう。

「代わりをどういたす」

「監察と言えば、目付だな」

「されど、目付に大名監察の権まで与えるのはどうか。せいぜいが千石ていどの木《こ》っ端《ぱ》どもじゃ。それこそ御上が大名を軽視していると取られかねぬ」

権限というのは幕府を後ろ盾にするものである。それだけにふさわしい人物、格式がなければ、貫目《かんめ》が軽くなる。

「目付の役目にある城中静謐を使おう」

「なるほど。城中の静謐となれば、大名であろうが、旗本であろうが問題ないな」

こうして目付に大名監察の役目が認められた。

ただ、このとき目付が大名をどうこうできるのは、江戸城のなかだけに限られていた。

「大名どもの屋敷も御上から借りているようなもの。いわば、御上の城内」

自前で手配する抱え屋敷や下屋敷は別としても、上屋敷は幕府から指定された土地に建てられている。いわば、上屋敷は幕府を大家とする貸家であった。

目付はそう強弁した。

一度手にした権限は離さない。それどころか拡げようとする。役人にとって権限は力であり、金であり、名誉なのだ。

結果、目付はいつのまにか当初の枠を無視して力を振るい始めていた。

「…………」

「開けぬか」

老中に命じられても躊躇《ちゅうちょ》している御用部屋坊主を、水野出羽守が睨みつけた。

「まことに……」

「くどいぞ」

もう一度確認してくる御用部屋坊主に、水野出羽守が不機嫌そうな顔を見せた。

「た、ただちに」

老中首座に嫌われれば、御用部屋坊主は務まらない。御用部屋坊主があわてて従った。

「お目付の衆さま、ご老中水野出羽守さまのお出《い》でにございます」

開き直った御用部屋坊主が礼法を無視、襖を完全に引き開けて、大声で告げた。

「なっ」

「なにをしておる」

「ご老中さまが……」

部屋にいた目付たちが驚愕した。

「ご苦労であった。下がれ」

御用部屋坊主を手で追いやりながら、水野出羽守が目付部屋へと踏みこんだ。

「ば、馬鹿な」

「お待ちあれ。目付部屋は同役以外は出入り禁止でござる」

ずいとなかへ入ってきた水野出羽守に、目付たちは狼狽《ろうばい》した。

「…………」

水野出羽守が一歩進んだところで足を止め、その場にいた目付たちを一人ずつ見ていった。

「……うっ」

「これは」

老中首座の威圧に目付たちがひるんだ。

「……出羽守さま」

大きく息を吸って気を取り直した目付の一人が、水野出羽守に圧を弱めてくれるように求めた。

「そなた名は」

水野出羽守が訊いた。

「目付俵川《たわらかわ》左衛門《ざえもん》、今月の当番目付をいたしておりまする」

質問された目付が名乗った。

目付はその職務上、上下関係を作るわけにはいかなかった。

なにせ役目が監察なのだ。誰が誰を疑っている、見張っているなどが知られては役を果たすことが難しくなる。さらに目付は同僚も監察する。そこに組頭だとか、先任だとかがいて、誰がなにをしているかを把握しようとしてはまずい。

だからといって、なにもかも秘密では困ってしまう。

「某はおらぬか」

「老中さまよりのお達しである」

用があるのに、任を表沙汰にしない目付の居場所や、いつ登城するかがわからないのでは、政に差し障りが出る。

そこで上下関係ができない当番目付というものができた。

当番目付は、その期間毎日城中目付部屋に詰め、他所《よそ》からの用件を受け付ける。

「某に伝えておきまする」

個人への用件を預かり、

「一同に通達いたしておきまする」

老中からの指図を周知したりする。

「俵川左衛門であるな。ここには何人目付がおる」

「お待ちを。お話は入《い》り側《がわ》で承りまする」

水野出羽守の質問に俵川左衛門が待ったをかけた。

「外で話をと申すか」

入り側とは江戸城の廊下で畳敷きになっているところを示す。御用部屋の周囲はもちろん、目付部屋の前も畳敷きで入り側と称されていた。

「ここはお役目上、目付以外のお方にお入りいただくわけには参りませぬので」

部外秘があると俵川左衛門が答えた。

「外でよいのだな」

「それは……」

妙な念押しをした水野出羽守に、俵川左衛門が戸《と》惑《まど》った。

「他の者に聞かせてもかまわぬと申すならば、そういたそう」

「出羽守さま、どのようなご用件でございましょう」

俵川左衛門が不安そうな顔を見せた。

「余が出向いたのだ。いい話であるはずはない」

「……悪いことでございまするか」

断言された俵川左衛門が息を呑んだ。

「余は忙しい。外に出るぞ」

さっさと水野出羽守が背を向けた。

「お待ちいただきますよう。どのような内容でございましょうや」

俵川左衛門が水野出羽守に頼んだ。

「わからぬとはの。まあ、旗本の俊英と自負する目付でもこのていどのものか」

水野出羽守があきれた。

「いかにご老中さまとはいえ、お言葉がすぎましょうぞ」

後ろで水野出羽守と俵川左衛門の遣り取りを見ていた、まだ年若い目付が憤った。

「そなたは誰だ」

「目付有馬《ありま》玄蕃輔《げんばのすけ》でござる」

訊かれた若い目付が応じた。

「いつからこの任にある」

「昨年の十一月より目付を相務めておりまする」

「半年ほどか」

告げた有馬玄蕃輔に水野出羽守が呟くように言った。

「同罪じゃな」

「えっ」

言われた有馬玄蕃輔が唖然とした。

「入り側へ出て参れ、目付全員でじゃ」

「わかりましてございまする。どうぞ、こちらで」

俵川左衛門が折れた。

四

襖だけは閉めさせてくれと俵川左衛門が願い、水野出羽守が認めた。

「坊主、離れておれ」

閉める前に入り側へ顔を出した俵川左衛門が、聞き耳を立てていた御用部屋坊主に告げた。

「盗み聞きなどしてみよ。思い知らせてくれる」

「いたしませぬ」

俵川左衛門に凄《すご》まれた御用部屋坊主が、大急ぎで遠ざかった。

御用部屋坊主は同朋衆と呼ばれる城の雑用をこなす坊主のなかから選ばれる。戦う者こそ尊いとしている幕府で、頭を剃《そ》って世間と縁を切り戦場へ出向かない坊主の扱いは低い。禄も同朋衆頭になれば二百石あったが、そうでない者は二十俵二人扶持役金二十三両と少なかった。

禄だけで生活できなくはないが、贅沢《ぜいたく》はできない。そこで坊主衆は雑用係として、江戸城のどこにいてもおかしくはないという立場を利用し、小遣い銭稼ぎをしていた。

「寛永寺から本堂補修の願いが……」

普請奉行の詰め所で、

「何家と何家が婚姻をなすことになり」

表右筆《おもてゆうひつ》の会話を盗み聞く。

こうして得た情報を坊主衆は、欲しがるところへ持ちこむ。

「まもなくお手伝い普請がありそうでございまする」

お手伝い普請を押しつけられそうな外様大名へ、

「婚儀があるとか。祝言の用意の品が売れましょう」

親しい商人へ話を持ちかける。

「かたじけなし」

「ありがとう存じまする」

いち早く話を耳にしたほうが有利になるのは、どこでも同じである。

「何卒、お手伝い普請をご免除いただきたく。昨年の冷害がいまだに尾を引いておりまして」

金のない大名は普請をさせられるよりはましと普請奉行へ賄《まいない》を贈り、面倒を避けようと動く。

「おめでたいことがございますそうで。どうぞ、お姫さまのご婚礼の衣装はわたくしどもにお任せいただきたく」

商人は、娘を輿入れさせる大名家の用人の機嫌を取って商いを求める。

損を避けられたか、儲《もう》けを得られたかの差はあるが、どちらも坊主衆のおかげで得をした。当然、それへの礼金を出す。

こうして坊主衆は、身の丈に合わない贅沢ができた。

老中が目付を叱る。これに興味を持たない役人はいない。うまくいけば数人どころか十人以上に売りつけられる。そう欲を掻《か》いた御用部屋坊主は、しっかりと目付に警告されたのであった。

「ふん」

御用部屋坊主の背を見送った俵川左衛門が鼻を鳴らした。

「お待たせをいたしましてございまする」

俵川左衛門が水野出羽守に詫《わ》びた。

「よい」

水野出羽守が手を振った。

「話を始める」

「はっ」

水野出羽守の合図に、俵川左衛門をはじめとする目付衆が姿勢を正した。

「そなたたちは書院番士の怠慢を知っておるのか」

「畏れながら」

口を開いた水野出羽守に、俵川左衛門が返答をする許可を求めた。

「申せ」

「では、謹んで申しあげまする。たしかに一部の書院番士が巡回などのお役目に誠心誠意あたっておらぬというのは存じておりまする」

「知っていて見逃したのか」

「見逃しておるわけではございませぬ。まず、怠慢をしている者はごく少数、ほとんどの者はお役目に邁進しておりまする」

「ほう、職務精励な者が多いゆえ、手を抜く者がいても咎めずともよいと」

　水野出羽守が皮肉げな口調で言った。

「そうではございませぬ。このままに捨て置くつもりはございませぬ。ではございますが、天下の大事に比べれば些末《さまつ》」

「天下の大事だと。それはなにか」

　俵川左衛門が口にした言葉に、水野出羽守が目を大きくした。

「子細は申しあげられませぬ」

「なぜじゃ。この出羽守、公方さまより天下の政を差配いたせと老中首座を命じられておる。その余にも申せぬと」

「はい。目付がいたしておることは、たとえご老中さまでも、ことが確定するまでお報せするわけには参らぬが決まり」

水野出羽守の詰問に俵川左衛門が反論した。

「それでは事前に手が打てぬではないか。手遅れとなったらどうする」

「迅速に対応をいたしておりますれば……」

大丈夫だと俵川左衛門が自信を見せた。

「慶安の一大事は防げなかったではないか。あれは由井正雪の弟子が畏れながらと訴人《そにん》してくれたことでわかった。あと一日手配《てくばり》が遅れていれば、江戸の町は火の海になったやも知れぬ」

由井正雪の一味には、なんと幕府の旗本で浅草煙硝蔵《あさくさえんしょうぐら》の番人も加わっており、そこへ火を放ち大爆発を起こす計画であった。煙硝蔵の爆発で混乱した幕府が、その対応にもたついている間に、由井正雪の一統は仲間を引き連れて江戸城へと侵入、老中はもちろん家綱を討ち果たすつもりでいたとされていた。

「………」

痛いところを突かれた俵川左衛門が黙った。

「そなたらの矜持なんぞに価値はない」

冷たく水野出羽守が宣告した。

「目付であろうが結果を出さねば、御上にとって無駄飯食いである」

「言い過ぎでござる」

有馬玄蕃輔がふたたび水野出羽守に嚙みついてきた。

「ほう、そなたは職務に忠実だとでも」

「無論でございまする」

低い声で確認した水野出羽守に有馬玄蕃輔が胸を張った。

「ではなぜ、書院番士を咎めぬ」

「そ、それは先ほど当番目付が……」

「些末なことだからよいと」

「さようでございまする。他にもっと重大なことがございまする」

有馬玄蕃輔が言い返した。

「愚か者が」

襖を震わすほどの大声で水野出羽守が叱責した。

「ひうっ」

「うっ」

有馬玄蕃輔を始めとする目付たちが、身をすくめた。

「些細《ささい》なことと見逃してきた結果、松平外記の刃傷を防げなかった。違うのか」

水野出羽守が強く糾弾した。

「あれは書院番のなかで解決すべきことで……」

「愚か者が」

責任を押しつけようとした俵川左衛門に水野出羽守が吐き捨てた。

「もうよい。ときの無駄であった」

水野出羽守が背を向けた。

「……大目付と同じにしてくれるわ」

襖を開けた水野出羽守が最後にそう言い残して出ていった。

「大目付と同じ……」

「それは……」

置き去られるような形になった目付たちが顔を見合わせた。

「実権を取りあげられるのか」

「名ばかりの監察に落とされる」

水野出羽守の言った意味を、目付たちはきちんと理解していた。

「隠居役と呼ばれることになる」

今や大目付は、功なり立身を果たした旗本が最後に就く、それ以降のない、隠居するまでの名誉だけの役目と陰口を叩かれていた。

目付もこのままではそれと同じ立場に追いやられる。

「隠居役ならまだよい。そこに至るまで功績を重ねてきたと認められた証だ。だが、目付は初役か、書院番、先手組あたりから栄達した者が多い。とても隠居役と呼べるほど歳を経てはいない」

俵川左衛門が苦い顔で述べた。

「捨て場所と言われるか」

有馬玄蕃輔が気づいた。

捨て場所とは役立たずの集まりを意味し、今は小普請がその悪名を引き受けていた。

「役目に推挙さえされぬ半端者」

小普請は嘲笑の的になっている。

「役目に就いたが、使えなかった無能者」

そして目付も同じような境遇になる。

「家門の名誉が、恥になる」

目付が欠員の際には旗本の俊英が任じられる。それも上役の推挙ではなく、現役の目付による入れ札という唯一無二の方法で選ばれる。

それだけに目付になるのは誇りであり、一門の誉れであった。

「なんとしても避けねばならぬ」

「出羽守さまは、怠慢を咎めよとの仰せであった」

「とくに書院番のことをお気になされていた」

「やはりあの一件だな」

「阿部四郎五郎と新庄鹿之助か」

目付たちが、苦渋に満ちた表情を浮かべた。

「我らも少し気にしすぎた。目付がことを隠蔽しようとした。これは目付の公明正大さを疑われる行為であった。それがためらわせた。あまり細かいことまで指摘して、ならばおまえたちはどうなのだと反論されるのを怖《おそ》れた」

　俵川左衛門が嘆息した。

「であった」

「気を変えねばならぬの」

「非難、中傷、陰口も受け入れようぞ」

　目付たちの顔付が変わった。

「ご老中さまが本腰を入れて動かれる前に、行動で示すぞ」

「おうよ」

　当番で目付部屋から動けない俵川左衛門以外の目付たちが、勇んで出ていった。

　志真佑は初の勤務を終えて、ようやく一日の休みを得た。

「あああ」

　大きく背伸びをして、志真佑は夜具から出た。

非番の日は早朝から起きなくてもいい。

小普請だったころも推挙を願うために、夜明け前には小普請組頭の屋敷へ参上するため早起きをしていた。

要は家督を継いでから、今日が志真佑にとって久しぶりの寝坊であった。

「お目覚めになられましたか」

声が聞こえたのか、妹の幸が襖の外から伺ってきた。

「起きた。いや、よく寝た」

「もう四つに近《ちこ》うございますよ」

幸が襖を開けあきれた顔を出した。

「そんなにか。疲れが溜まっていたのだろうなあ」

志真佑が目を剝《む》いた。

「やってしまったことは仕方がない。とりあえず、飯を喰う」

「ご用意はできております」

幸が笑いながら、膳を取りに台所へと向かった。

旗本、それも長く無役でいた貧乏な家の食事は質素である。さすがに米だけは、現物が支給されるお陰で白米を食べられるが、毎食菜や魚を買う金がない。

「おっ、味噌汁《みそしる》に入っているのは豆腐か」

志真佑が喜んだ。

「お好きでございましょう」

幸とともに給仕役として控えている女中の多紀《たき》が微笑《ほほえ》んだ。

「飯と豆腐汁に漬物があれば、満足だ」

今までは味噌汁に具はなかった。まれに夕餉《ゆうげ》のとき根深葱《ねぎ》や葉葱が入っていたことはあっても、朝はなにもなしが普通であった。

「うまい」

志真佑は豆腐汁二杯と飯を三杯、お代わりをした。

「本日はいかがなさいますか」

「それよな。一日屋敷におるのもよいが、人を探さねばならぬであろう」

この後どうするかと幸に問われた志真佑が腕を組んだ。

無役の旗本は軍役なぞ守ってもいない。泰平が続き、外様大名も骨抜きになっている。いざ鎌倉、はありえない。なにより人を雇えば金がかかる。貧乏旗本が最初にするのは、人を辞めさせることなのだ。それに軍役どおりかどうかなど、誰も気にしないし、目付が調べに来ることもない。体裁を整えるだけのために人を抱えるなど無意味でしかなかった。

そのうえ、幸か不幸か、志真佑は一人者であった。一人息子であり、両親も数年前に亡くなってしまった。

つまり人手を要する条件がなかった。

かといって炊事洗濯掃除などを、無役とはいえ、旗本がするわけにもいかない。そこで志真佑は、女中を雇い入れた。

小者の場合でも男だと年間二両一人扶持くらいは出さなければならないが、女中だと年二両ほどですむ。一人扶持が金にすると二両近くなるので、ほぼ半分。それに女中だと数年で縁づいて身を引く。新しい女中と一から付き合うのは面倒だが、気兼ねがない。

多紀は町の口《くち》入《い》れ屋《や》から紹介されて来て、そろそろ三年になる。互いに気心も知れて遠慮がなくなった頃合いであった。

「伏水屋《ふしみや》へ行かれますか」

「そうするつもりでいる。よい人が見つかってくれればよいが」

幸が口にした伏水屋とは、両国《りょうごく》にある口入れ屋であった。ここで志真佑は多紀を紹介してもらっていた。

「叔父上さまにお声がけはなさらなくても」

小普請組であった志真佑にいろいろな世話をしてくれた叔父、相模八左衛門の名を幸が出した。

「士分が要るとなれば、叔父上に頼む。小者でお手を煩わせるのは、かえって申しわけないだろう」

「たしかにそうでございますね。では、わたくしは今日中にお長屋の一つを綺麗《きれい》にしておきます。多紀、よいですね」

志真佑の言葉に幸が同意して、新しい小者のための住まいを準備しておくと告げた。

「大工が要るかも知れぬな。長屋を使うなど先々代、亡き祖父さま以来ではないか」

旗本の屋敷には、門の左右の壁際に家臣たちの住居が並んでいた。これを長屋といい、旗本の禄高や格で軒数や広さが違った。

「ご懸念には及びません。ときどき風を入れ、掃き掃除くらいはしておりました」

「助かる」

ていねいではないが、手入れをしていたと言った幸に、志真佑は感謝の意を表した。

「では、行ってくる」

志真佑は後事を幸に託して、屋敷を出た。

両国は江戸でも指折りの繁華なところである。両国橋の袂《たもと》にある広小路《ひろこうじ》には、角《かく》兵衛獅子《べえじし》や、曲芸などの見世物が出て、占いや天ぷらなどの屋台が立ち並ぶ。人通りだけでいえば、まちがいなく江戸でももっとも賑やかであった。

「邪魔をする」

「これは北条さま、ご無沙汰をいたしております」

諸国人入れ伏水屋と染め抜かれた暖簾を潜り店に入った志真佑を見つけて、顔見知りの番頭が近づいてきた。

「久しいの。そなたも健勝のようすでなによりじゃ」

志真佑が番頭に話しかけた。

「おかげさまで無事にすごさせていただいておりまする。本日は女中のご手配でございましょうか」

お世辞に対しても礼を言わなければならない。番頭が一礼して、用件を尋ねた。

「いや、今日は女中ではなく小者を二人頼みたい。槍持と挟み箱持ちが要りようになっての」

「槍持と挟み箱持ちでございますか。これはおめでとう存じまする。ご出仕なされるのでございますね」

志真佑の用件で番頭がすぐに悟った。

「うむ。公方さまの思《おぼ》し召しでの。書院番を拝命いたした」

祝意を受けて、志真佑が誇らしげに答えた。

第三章　城中規律

一

目付が厳格になった。

その波紋は、江戸城内を揺すぶるほどの大波へと進化していった。

「このていどのことで」

「先日も見ておられたが、なにも言われなかったではないか。それを急に咎めるなど、あまりに無体な」

注意を受けた者たちが不満を漏らした。

厳格厳粛でなければならない江戸城内も、ときの移ろいとともに乱れてきた。

　幕初のころの城内であったような、廊下から庭へ向かって放尿するような傍若無人なまねは、さすがになくなったが、代わって細かい罪を犯す者は増えた。

「よい筆じゃ」

「屋敷の蠟燭《ろうそく》が切れていたな」

　役所の品物を持ち帰ったり、

「薬湯はいかがかの」

「特別に誂《あつら》えさせた夜具でござる」

　不寝番が酒を呑み、酔って豪奢《ごうしゃ》な夜具で眠りこける。

「わかった。そなたの持ってくるものでよい」

「いつもすまぬの。ああ、任せておけ。検数するのは儂じゃでな」

　出入り商人から賄賂をもらって、品質の劣るものを受け入れ、定数に満ちていなくても見逃す。

　これらが当たり前にまかり通っていた。

　また、目付もこれらを一々咎めなかった。

「些細なことになど、かかわっておられぬわ」

「我ら目付は、天下の静謐を守ることこそお役目である」

捕まえたところで手柄にはならないのだ。目付は役人たちの非違を監察するが、それで見つけた犯罪を訴追するだけしかできず、判決を下す権限はなかった。

「某がこのような罪を……」

目付は若年寄へ届け出、そこからは評定所の管轄になる。

「忙しいときに、たかが筆を二本ほど持ち帰ったことくらいで評定を開かせるな」

評定所の構成員は、老中、勘定奉行、寺社奉行など、目付よりも格上ばかりであった。なぜこのような陣容が要るかといえば、旗本は将軍の直臣であるため、その者に罰を言い渡すのに、将軍の代理としての権威が重要であったからだ。

老中はもちろん、他の役目も多忙を極める。そんなときに些細なことで手間を取られれば機嫌も悪くなる。

「申しわけございませぬ」

だからといってそう謝ることは、監察としての立場上できない。

「あの者は……」

仕事だとわかっていても、老中たちにすればうっとうしい。

「飛ばしてしまえ」

目付は独特の選出方法を採る。だが、辞めるときは別であった。もちろん、老中でも目付の罷免はできなかった。将軍へ上申して、目付にふさわしくないと訴え許諾をもらわなければならない。いうまでもなく、なぜふさわしくないかという説明が要った。

「面倒な奴でござれば」

まさか本音を口にするわけにはいかない。

実質目付の罷免は不可能であった。

ではどうするか、他の役目に転じてしまえばいい。左遷は目付たちの反発を買うので、形だけは栄転に見せなければならないが、とにかく監察から外してしまえばすむ。

「大坂《おおさか》東町《ひがしまち》奉行を命じる」

目付から遠国、それも重要な地である大坂への異動は、まちがいなく栄転になる。

「承りましてございまする」

千石の役高が一千五百石へと増えるだけでなく、大坂町奉行から旗本垂涎の役目である江戸の町奉行へ昇る者もいる。まさに、旗本出世の階《きざはし》であった。

ただ、大坂町奉行となると、今まで執政たちから吾が身を守ってくれていた監察という鎧《よろい》はなくなってしまう。

「なにをしておる」

「役立たずが」

執政は、いくらでも咎めることができるようになる。実際、大坂町奉行はそこから栄達する者よりも、罷免される者の方が多いのだ。

「職を解く」

罷免もできるし、

「よきにはからえ」

将軍がうなずきさえすれば、減禄、旗本から御家人への格落ち、改易までできる。

腹が立ってから数年越しの復讐とは悠長な話であるが、執政は決して恨みを忘れてはいけないのだ。やられたらやりかえしておかないと、甘く見られて足下をすくわれてしまう。

これが重なると目付も気づく。

「お断りをいたしたい」

もちろん栄転を拒むことはできるが、それは確実に未来《さき》を潰す。それこそ、自ら辞めると言わないかぎり、ずっと目付でい続けることになる。

「あら探ししかできぬ者が」

どのような手柄を立てようとも、未来はもう閉じられた。

結果、目付はかなり大きな手柄になりそうなものにしか、手を出さないようになっていた。

松平外記のいじめも見逃して当然、些細なことでしかなかった。

目付が手を入れても、

「書院番でこのような……」

「元服もすませた、それも番方の旗本が同僚の嫌がらせで執務に支障を来しているなど、論外じゃ。その者には書院番士たる気概が足りぬ。我ら先達がそれを教えておるだけ」

こう言われて終わりになる。

「身体の調子が悪く、お役を務めかねまする」

またほとんどの場合は、やられている側が逃げて事態は収まった。

「先達の方々、本日はご足労をいただき感謝いたしまする。若輩者へのご指導を一層お願いするお礼と申しまするか、御挨拶でございまする」

吉原《よしわら》あたりに座敷を設けて、先達らを招き歓待する。

「よく世間をわかっておる」

「明日からは同僚ぞ。わからぬことがあれば、なんなりと訊かれるがよい」

遊ばせてもらった先達は機嫌をよくする。

これには条件があった。少なくとも宴席の場は、料亭か遊郭など外部の目があるところでないとならなかった。

松平外記も祖父が長く番方勤めをしていたため、先達への馳走《ちそう》をしなければならないとわかってはいた。しかし松平外記は、城中でことをすまそうと料亭に作らせた重箱を控えに持ちこみ、先達らへ振る舞ったのだ。

「なんだ、この田舎《いなか》くさい料理は」

「せめて八百膳の仕出しくらい用意せぬか」

江戸一と言われる懐石料理の店八百膳のものでなかったことで、逆に先達らの怒りを買ってしまった。

「喰えるか」

他人の目がないから、歯止めが利かない。重箱を蹴飛ばす、踏み潰す、はてはそこに小便をかけるなど、乱暴狼藉《ろうぜき》が始まった。

「これを辛抱せよと」

その場は芥《あくた》と化した料理と重箱を片付けて黙って引き下がった松平外記だったが、それからわずか数日で病気療養、そして復帰するなり刃傷を起こした。

「なんということを」

ことが起こってから西丸目付の新庄鹿之助と阿部四郎五郎は真っ青になった。

いじめごとき放置しても問題にならない。これは間違っていなかった。ただ、その結末は、江戸城内で血を流すという、旗本が決してしてはならない事態になった。

「なにをしていた」

いうまでもなく、老中や若年寄といった上役はその責任を回避しようとする。

「そなたたちは職務怠慢である」

目付を生《い》け贄《にえ》にするくらいのこと、執政たちは気にもしていない。

「隠せ」

失態は隠蔽するのが役人のやり方であった。

しかし、人の口に戸は立てられぬ、でばれてしまった。

「お役御免、小普請入りを命じる」

二人の西丸目付は、改易までは至らずにすんだが、生涯浮かび上がることのない懲罰、小普請入りの沙汰を受けた。

それが大きな動きにしか興味のなかった目付をより萎縮《いしゅく》させることになった。

「厳しくしては、反発を喰らう」

取り締まる側が法度を犯したのだ。当然、それに対する目は厳しい。

「目付があのようなことをしておきながら、我らを咎め立てるのか」

「…………」

そう言い返されては、返す言葉がない。

「知らぬ顔をするしかあるまい」

いじめを見逃したことが大事件に繋がったのとは矛盾するが、基本目付はなにかあってから動くのだ。

松平外記のことも、本来は多少の波風で終わるはずの話であった。もし、松平外記が追い詰められての刃傷ではなく、実状を訴えるため切腹したところで、目付が介入することはなかった。できないと言うべきだろう。

職場でのいじめに耐えかねて切腹しましたなど、武士として恥でしかなく、表沙汰になれば松平家に傷が付く。傷が付くどころか嫡男の切腹ともなると、絶家はまちがいない。

「病気療養を」

武士にとって家は命よりもはるかに重い。家さえあれば、子々孫々まで禄をもらえるし、武士として民の上に君臨できる。

家のためならば、息子の無念も加害者への恨みも捨てる。

死んだ息子は、まず病気になったとして休養の届けを出し、適当なところで病死したとする。

「家督相続、つつがなく」

病死に誰も文句は付けなかった。

一応決まりでは、目付が検死に出ることになっているが、大名が相手でもなければ、代理として徒目付《かちめつけ》を行かせて終わりにする。

「不審があると申すか」

いかに徒目付といえどもお目見え以下の御家人に過ぎず、旗本の遺体を検《あらた》めようとしたところで拒否されれば、それ以上はできないのだ。

「かまわぬ」

もちろん、目付も真相をわかっている。しかし、それこそ武士の情け、結果、その家は無事に継承される。

さすがにこれでめでたし、めでたしとはならなかった。

ほとぼりが冷めた頃合いを見計らって、いじめをおこなっていた連中がお役御免になったり、左遷されたりしていく。

「目付を甘く見るな」

なにもしなかったという悪評はこれで払拭できる。

今回の一件もこのあたりが落としどころとなるはずだった。

それが狂った。

松平外記は己が役目から退《ひ》くことで、波風を立てることなく終わらそうとはせず、刃傷という凄惨な復讐をしてのけた。

その影響は目付にも大いに及んだ。

「…………」

巡回を飛ばそうが、詰め所で飲酒をしていようが見て見ぬ振りをする。もともとよほど目立ちでもしなければ見逃してきたことではあったが、それ以上に素通りをするようになった。

「よし」

「やりたい放題じゃ」

目付が甘くなったという噂は、すぐに城中に拡がる。

とはいえ、そこで羽目を外さないのが小役人である。調子に乗れば、かならず後で痛い目を見るとわかっている。

「少しだけの」

長く役人を務めていくこつは、目立たないことなのだ。それなのに。

「急に前より厳しくなったではないか」

「台所役人が、捨てられた白糖を家に持ち帰った咎で、謹慎させられたらしい」

城中は目付の急変に右往左往した。

「……なにやら、浮き足立っておるような」

相役が見廻りを拒むので、志真佑は一人で巡りながら、城中の雰囲気の変化に戸惑っていた。

「待て」

左右に気を奪われていた志真佑へ制止の声がかけられた。

「拙者のことでござるか」

足を止めた志真佑が、黒麻裃を身に纏《まと》った目付に確認した。

「さよう。そなたは何役で、なにをいたしておる」

目付の権威は高い。さすがに御三家や加賀前田《かがまえだ》、薩摩島津《さつましまづ》などをそなた呼ばわりはしないが、数万石ていどの大名や旗本に対しては横柄な口の利きかたをした。

「書院番士北条志真佑、任の城中警固巡回をいたしてござる」

お役に就いたばかり、小普請から抜け出したばかりの旗本にとって、目付はまさに鬼より怖い。

「一人で巡回だと。書院番士は二人組で任にあたるのではなかったか」

「…………」

志真佑が返答に詰まった。

「有り体に申せ。もう一人はどこだ。それともそなた、書院番士ではないのか」

「とんでもないことでございまする。拙者は先日命じられたばかりとはいえ、書院番士に違いはございませぬ」

目付の声が尖《とが》ったことに、志真佑が焦った。

「では、もう一人はどうしておる」

「ひ、控えで休んでおりまする」

詰問された志真佑がそのまま答えた。

「休んでいる……体調でも優れぬのか」

「さ、さようでございまする」

目付の疑問に志真佑が乗った。

「虎之間であったな。付いて参れ」

「はい」

詰めの間を確かめた目付に志真佑が従った。

「開けるぞ、目付である」

将軍家御休息《ごきゅうそく》之間《のま》、御用部屋以外なら、どこでも目付は入れる。

声をかけると同時に、目付が虎之間の襖を開けた。

「えっ……」

「お目付どのが」

虎之間でくつろいでいた書院番士たちが慌てて、座り直した。

「ふん……」

座敷へ入らず、なかを睥睨《へいげい》した目付が嘲笑を浮かべた。

「なにをっ」

「無礼なっ」

嘲笑に怒りの色を浮かべる者もいたが、

「…………」

ほとんどの者が目付と顔を合わさぬようにうつむいた。

「どいつだ」

目付が背後に控える志真佑に問うた。

「…………」

「ためらうなど許されぬ」

逡巡《しゅんじゅん》する志真佑を目付が叱りつけた。

「……あの者でございまする」

指さしは無礼である。一応書院番の先達となる相方を志真佑は目で示した。

「そなた、名はなんと申す」

目付が相方に問うた。

「園崎隼人丞《そのざきはやとのじょう》でござる」

巡回をなまけていた相方が名乗った。

「園崎か。そなた、この者と組んでおるな」

「……さようでござる」

園崎隼人丞と名乗った相方が、ねめつけるような目で志真佑を見ながら首肯した。

「体調不良だと聞いたが、まことか」

「いかにも。朝から頭が痛く、なんとか登城はいたしましたが……」

逃げ道を作ってくれていたとわかった園崎隼人丞が、勢いよく首を縦に振った。

「坊主衆」

目付が虎之間前の入り側に控えているお城坊主を呼んだ。

「なにか」

「医師をこれへ」

「表御番医師さまで」

「その内の本道《ほんどう》医《い》を連れて参れ」

確かめるお城坊主に目付が指定した。

「ただちに」

金をもらわないと動かないのがお城坊主であるが、さすがに目付を敵に回すわけにはいかない。素早い身のこなしでお城坊主が駆けていった。

「お医師を……」

さっと園崎隼人丞の顔色が変わった。

「なんの不思議がある。城中での怪我人、病人に対応するため、表御番医師はおる」

目付が園崎隼人丞を見た。

「お医師の手を煩わせるほどのものではございませぬ」

園崎隼人丞が前に出した手を大きく振った。

「それを判断するのは、目付でも、ましてや病人当人でもない。医師がいたすことである」

目付は園崎隼人丞の遠慮を一蹴した。

「病人はこちらでござろうか」

お城坊主に薬箱を持たせた表御番医師が、虎之間へと入ってきた。

静謐を旨とする城中で、その役目柄からか医師とお城坊主だけは走ることが許されていた。

「あの者である」

息も荒い表御番医師に答え、目付が平然と指さした。

「……あの者。顔色は良さそうでござるがの。どれ」

表御番医師が園崎隼人丞のもとへ近づいた。

「お医師どのに診《み》ていただくほどではございませぬ」

園崎隼人丞が表御番医師の診察を拒んだ。

「診せよ。目付の沙汰である」

険しい声で目付が命じた。

「ですが、さほど……」

「たいしたことはないと言うなら、なぜ見廻りをいたさなんだ」

まだ言い逃れようとする園崎隼人丞を目付が睨んだ。

「………」

そこを突かれると反論できない。

園崎隼人丞が黙った。

「では、まずは面相を」

表御番医師が園崎隼人丞の顔色を確認した。

「ふむ。では、脈を」

続けて表御番医師が園崎隼人丞の手首に指を宛てがった。

「舌を診せていただこうかの」

脈を取りながら表御番医師が園崎隼人丞を促した。

「………」

園崎隼人丞が口をつぐんだ。

「困りましたの」

抵抗された表御番医師が目付に顔を向けた。

表御番医師は世襲制ではなく、各地で評判のよい本道、外道《げどう》、眼科、口中科などの医師が、幕府に抱えられたことで就く。

「名医の子供はかならずしも名医たりえぬ」

徳川家康以来、世襲制を旨とする幕府のなかで、珍しく医師だけは実力によって選ばれた。

城中の表に属する役人や大名を診察するが、将軍並びにその家族は担当しない。それらは、天下の名医として評判の確立した者が奥医師として担う。もちろん、表御番医師を勧めあげて奥医師に昇格する者も多い。将軍の侍医として名の轟《とどろ》く奥医師への登竜門とされているだけに、決して手を抜いたり、仮病を見逃すようなまねはしなかった。

「登城停止を命じられたいようじゃの」

目付が園崎隼人丞を脅した。

大名や旗本に咎めを与える権を目付は持っていないが、詳しい取り調べのためという理由で登城停止、謹み、閉門の処分は下すことができた。

「………」

観念した園崎隼人丞が口を開けて舌を出した。

「……結構でござる」

禿頭《とくとう》の表御番医師が舌を一瞥《いちべつ》し、続けてみぞおちの辺りを押した。

「張りもござらぬな」

表御番医師が立ちあがった。

「どうじゃ、お医師」

目付が園崎隼人丞の具合を訊いた。

「今に限った話でございまするが、いささか脈は早いようでございますが、病の気配は診て取れませぬ」

「それは問題ないということか」

表御番医師の答えを目付がさらに確認した。

「いかにも」

目付が念を入れたのである。曖昧な答えは許されない。

表御番医師がうなずいた。

「ご苦労であった。戻られよ」

「では、愚昧はこれにて」

用はすんだと解き放たれた表御番医師が、そそくさとその場から離れていった。

「園崎」

「これはその、違うので」

医師を送り出した目付が園崎隼人丞の前に立った。その圧に、園崎隼人丞が汗を垂らした。

「何が違う」

目付がさっさと言いわけをしてみよとばかりに顎をしゃくった。

「これはその、そう、新任の者ができるだけ早く役目になじむようにとの気遣いでございまする。いつまでも先達と一緒では、巡回経路を覚えることもなく、万一の事態が起こる前の予兆を見逃してしまうやも知れませぬ。そこでわざと一人で巡回をさせることで、どこがどうなっているのかを記憶し、いち早く違和感に気づけるように……」

「そういう慣習があるのだな、一同」

目付が虎之間に残っている書院番士たちに問いかけた。

「よろしいかの」

壮年の書院番士が発言の許可を求めた。

「そなたは何者であるか」

「西丸書院番二番組戸尾右門でござる」

誰何《すいか》を受けた戸尾右門が名を明らかにした。

「申せ」

目付が発言を認めた。

「拙者、書院番を十年にわたって仰せつかって参りました」

「十年とはかなりの先達だの」

戸尾右門の経歴に目付が感心した。

「さきほどそこの園崎が、新任を一人で任に出すのが書院番の決まりのように申しておりましたが、寡聞にして拙者は存じませぬ」

園崎隼人丞の言葉は偽りであると戸尾右門が断言した。

「戸尾どのっ」

否定された園崎隼人丞が抗議の声をあげようとした。

「黙れ」

目付が一喝して、園崎隼人丞の口を封じた。

「そなたごときが、仮病やありえぬ慣例を口にして目付を謀ろうとするなど、言語道断である。屋敷にて身を慎んでおれ」

「そ、そんな……」

園崎隼人丞が目付の断罪に震えた。

「……おのれ、北条。よくも吾を売ってくれたな」

顔色を赤くして園崎隼人丞が志真佑を糾弾した。

「新任を疑うとは、まことに心の下卑《げび》たる者よ」

しみじみとした口調で目付があきれた。

「一人で城中をうろついていたゆえ、吾が何役かを問うたことが発端じゃ。そなたは売られたのではなく、自業自得であったということよ」

目付が園崎隼人丞に止《とど》めを刺した。

「追って沙汰があろう。屋敷より一歩も出ず、謹慎しておれ」

もう一度宣告して目付が園崎隼人丞から、他の書院番士に目を移した。

「なぜ目付がこのていどのことに口を挟んでくるか、不思議か」

「いささか、違和を感じておりまする」

代表して戸尾右門がうなずいた。

「ご執政より、城中がたるんでおるとのご注意があったからである」

「……ご老中さまから」

「ひっ」

目付の話に戸尾右門が息を呑み、園崎隼人丞が悲鳴をあげた。

当然であった。園崎隼人丞は老中に目を付けられたに等しい。まちがいなく未来《さき》はなくなった。

「わかったならば、規律を乱すな」

用はすんだとばかりに、目付が踵《きびす》を返そうとした。

「な、なぜ……」

園崎隼人丞が静まりかえった虎之間にふさわしくない高い声を出した。

「なんだ」

虎之間を出ていきかけた目付が、足を止めた。

「なぜ、吾だけが咎められる。規律を乱すなだと。そもそも目付が松平外記の一件を糊塗《こと》しようとしたのが、執政衆の怒りを買ったのだろうが」

「こやつっ」

わめく園崎隼人丞に目付が顔色を変えた。

「なにが旗本のなかの旗本、秋霜烈日、謹厳実直じゃ。目付なんぞ他人ばかり責めて、自らを省みぬ愚か者の集まり」

「おい、止《や》めよ」

戸尾右門があわてて園崎隼人丞を制止しようとした。

「おぬしもじゃ。同役同士、かばい合うのが当然であろう。それを目付ごときの圧に屈して、吾を罪に落とすなど非道ではないか」

「拙者にうそ偽りを申せと言うのか」

園崎隼人丞の誹謗《ひぼう》に戸尾右門が怒った。

「かばっておいて、あとでおこないをあらためるように諭してくれれば、吾とて……」

「何度も我らは申したよな。それでよいのかと」

言い募る園崎隼人丞に戸尾右門が冷たく返した。

「それを聞かなんだのは、おぬしであろう。己の不始末を他人に押しつけるな」

「………」

言い返された園崎隼人丞が黙った。

「おとなしくしていれば、お役御免くらいですんだものを」

黙って戸尾右門と園崎隼人丞の遣《や》り取《と》りを見ていた目付が口を開いた。

「えっ」

「………」

園崎隼人丞が驚愕し、戸尾右門が口をつぐんだ。

お役御免の先にあるのは、減禄、格落ち、改易になる。これらは現当主に課されるものだが、咎めが決まる前に本人が隠居すれば情けをかけてもらえるときもある。

だが、お役御免ですんだものをという言葉には、隠居に逃げるという方法が採れないという意味が含まれていた。

「息子にも……」

屋敷に戻るなり、隠居届けを出しても受けとってもらえない。それはまさに家名に傷が付くということであった。

「お待ちを……」

園崎隼人丞が大いに慌てた。

「一同も心せよ」

その園崎隼人丞に目を向けることもなく、目付が虎之間から出た。

「同じ旗本として、情けを」

武士の情けにすがろうとしたときには、もう目付の姿はなく、無情にも虎之間の襖がお城坊主によって外から閉じられた。

「ああああ」

「…………」

襖越しに園崎隼人丞の嘆きが、志真佑の耳に届いた。

二

目付のやる気が上がったことで、城内の雰囲気は一変した。いや、正確には園崎隼人丞が処罰を受けたことで、皆背筋を寒くしたのであった。

「異変はないな」

「大丈夫でござる」

書院番士の巡回もしっかりと二人組でおこなわれ、

「誰か」

将軍家御休息之間の入り口を警固する新番組の誰何も、手を抜くことなくおこなわれるようになった。

「余の顔を知らぬわけではあるまい」

当初、誰何に苛立《いらだ》った役人が文句を付けたが、

「目付どのをこれへ」

「何役の某である」

新番組の反応に、あっさりと掌《てのひら》を返した。

「緩んだ規律を引き締めよ」

老中からの通達に逆らう形になった園崎隼人丞は、異例の早さで評定所へ呼び出され、食禄半減、お目見え適《かな》わずの咎めを与えられた。

「気を引き締めねばまずい」

まさに一罰百戒であった。

といったところで、変化には波がある。巡回や登下城の折の態度など、外から見えるところは厳格になったが、詰めの間のなかなど、外部の目がないところでは今までと変わらない光景が続いていた。

「貴殿のお弁当はまた見事な」

塗りの重箱に入った折を夜食として取り出した初老の書院番士に、よく似た歳嵩《としかさ》の書院番士が感嘆の声をあげた。

「日本橋《にほんばし》の鈴屋《すずや》でござる。それよりも貴殿のお弁当こそお美しい」

褒められた初老の書院番士が、歳嵩の書院番士の弁当を称賛し返した。

「当家の料理番が作りましたものでござる」

「なんと」

初老の書院番士が驚愕した。

「いや、それほどのものではございませぬよ。八百膳で修業をしていたことがあるというだけで」

「八百膳で……それはうらやましい」

謙遜という形の自慢をする歳嵩の書院番士に、初老の書院番士が合わせた。

「…………」

同じ虎之間にいながら、志真佑は身を縮めるしかなかった。

長く小普請組だった北条家に料理番などいないし、付き合いのある料理屋などもない。

妹の幸と女中の多紀が、夕餉の残りと朝に炊いた米を握り飯にして詰めてくれただけの質素な弁当であった。

「北条」

隅のほうで目立たぬように弁当を掻きこんでいた志真佑に、歳嵩の書院番士が気づいた。

「なにか」

どこの役目でも先達には気を遣わなければならない。

呼びかけられた志真佑は、箸を置いた。

「……屋敷で作らせたものだな」

「さようでございまする」

言われた志真佑は素直に認めた。

「どれ、見せてみよ」

歳嵩の書院番士が弁当を覗《のぞ》きこんだ。

「なかなか野趣溢れる弁当ではないか」

嘲笑とわかる口元で、歳嵩の書院番士が弁当を揶揄《やゆ》した。

「ほう、どれどれ」

初老の書院番士も興味を持った。

「……たしかに。狩り場で働く勢子《せこ》たちの弁当のようじゃ」

やはり嘲りの表情を初老の書院番士が見せた。

「…………」

志真佑は憮然とした。

「いや、結構だな」

戸尾右門が割りこんできた。

「質実剛健、今、八代将軍吉宗さまがこの場にあられたら、まちがいなくお褒めになられたであろう」

幕府だけではなく天下にも倹約を命じた吉宗は、終生一汁一菜を貫いた。上がすれば下が倣う。結果、底の見えていた幕府の金蔵は小判が山積みになるほど回復したが、人は一度覚えた贅沢な暮らしを捨てられない。吉宗が死ぬとあっという間に倹約は形ばかりになっただけではなく、金を出すことこそ忠義という風潮を世に根付かせた田沼《たぬま》主殿頭《とのものかみ》意次《おきつぐ》によって贅沢が奨励される形になり、貯めこまれた金はすでにその姿のほとんどを失っていた。

「ふん」

「弁当を続けるか」

吉宗の名前を出されたとあっては、これ以上志真佑の弁当をあげつらうことはできなかった。

二人の書院番士が不愉快そうに離れていった。

「かたじけのう存じまする」

志真佑は戸尾右門に頭を垂れた。

「気にするな。書院番は変わらねばならぬということを理解できておらぬ。いや、頭ではわかっていても心が納得できぬのだろうな」

戸尾右門が寂しそうに述べた。

「御上は松平外記のことを称賛こそしないが、認めておられる。家禄を減らされることなく、息子に家督が許されたことでもわかろう。執政衆も、書院番がどれだけ放埒で怠慢かを身に染みて解された」

そこで戸尾右門がちらと二人の書院番士に目をやった。

「近いうちにあの二人もお役を免じられるだろう。書院番は御上をお守りする番方ぞ。それが戦場であるべき役目の場に重箱を持ちこむなど、あり得ぬわ。今、書院番がどういった目で見られているか、わかっておらぬ」

戸尾右門が嫌悪を露わにした。

書院番は出世の階ではなかった。

書院番になったからといって、数年後には小姓番、あるいは遠国奉行に昇るという栄達の道はまずなかった。

書院番だけではない。戦国から泰平へと天下が舵《かじ》を切ったことで、矛は仕舞われた。

つまりは番方全体が滞留を強いられた。

ならば役方での出世を狙えばと考える者も多いが、これには大きな壁があった。

筋目《すじめ》である。幕府の旗本には筋目という、役目に就くときの決まりというか厳格な基準があった。ごく稀《まれ》に、その筋目がない旗本もいるが、ほとんどは筋目にしたがって役目を与えられる。番方ならば大番組、先手組、書院番など武力を使うことを旨とした役目、役方だと勘定方、表右筆、奥右筆といった筆や算盤《そろばん》を扱う役目となる。

この筋目は、先祖が幕初にどのような役目についていたかというところで決まる。泰平に伴う勘定や行政の仕事増加に伴う新規召し抱えの場合は、出自にこだわることなく、番方旗本の次男、三男でも役方とされた。

「小普請よりはまし」

書院番士は役高三百俵と定められている。本禄が三百俵未満であれば不足分を足高として扶助してもらえるが、三百俵以上であれば一石の手当も付かない。

役目についても利はなかった。

これが幕初であれば、書院番士を長く真面目に務めたことを評価されて、大幅に加増された例もあったが、昨今はそういった景気のいい話はまずなかった。

というのも書院番の主な役目は将軍外出の警固であり、御成が多かった三代将軍、五代将軍のころならば仕事も多かっただろうが、将軍が城から出歩くことがなくなった今では、髀肉の嘆を託つだけで役に立っているとはいえなかった。

そんな飾りの役目を長く務めたからといって、加増していては他から苦情が出る。

「寝る間も惜しんで働いている」

「御上の財政を支えているのは、我らである」

とくに勘定方の反発は厳しくなった。

幕府は武力を背景になり立ったため、どうしても番方が重きをなす。これも伝統、慣例であるため、今は役方が重要だといっても地位の逆転は起こりにくい。

その不満も勘定方に限らず役方にはある。それを無視して番方を優遇すれば、どうなるかは自明の理であった。

「これをいたせ」

「はい」

いつまでという期限がなければ、いつまで経っても処理しない。

「早急じゃ」

「皆さま、そのように仰せでございまする。順番に処理をいたしておりますゆえ」

急かしたところで、役方の仕事は多い。一つのために他を放置することは後々の処理が面倒になるから、拒まれる。

「余の言うことが聞けぬのか」

上から押さえつけようとしたところで、

「では、こちらを優先いたすため、いささか遅れまするとご老中さまにお許しをいただいて参りましょう」

勘定方や幕政の書付をすべて取り扱う奥右筆は、老中の仕事を手伝うことが多い。

「……その後でよい」

老中に睨まれれば、役人として終わる。無理強いしようとした者が、引くことになった。

とにかく役方を怒らせれば、まちがいなく幕政が滞る。それをわかっていて書院番を優遇するわけはなかった。

つまりは体のいい飼い殺しが、今の書院番であった。

余得はないけれども、無役に課される小普請金という上納金は払わなくていい。

そして名誉あるお役に就いているという誇りだけが、書院番の利といえた。

実利がない。

こうなると人は他に欲を満たすものを欲しがる。それが、贅沢という形で表れたのが書院番であった。

余裕はないが、他人とは一線を画したい。他人に自慢できるものを得たい。

それが派手な弁当になった。

旗本が幕府に尽くすのは当たり前である。そのために禄が与えられていた。

もちろん、弁当の手配はただではない。それこそ八百膳の仕出しともなれば、一食で小判が要る。それを宿直《とのい》のたびに用意していては、金が続かなくなる。どうしていたかといえば、松平外記にしたように新参者に用意させたのだ。

「新参は先達の指示に従え」

「教えを請う先達をねぎらうのは、人として当然のことであろう」

このように圧力をかけて、新参者に弁当を用意させる。

「承知いたしましてございまする」

先達に従うべしというのは、なにも書院番でだけではなかった。小姓番、新番などの番方はもちろん、勘定方や奥右筆といった役方でも同じであった。

「いずれは、拙者が先達になる」

新参は永遠に新参ではなかった。先達がなにかの理由で役を辞し、新任が補充としてやってくる。この瞬間から新参者だった者が先達となる。

いずれは己も新参者を利用できるようになる。今の損失はいずれ取り戻すことができる。もっともそのためには、お役を辞めたり、辞めさせられたりはまずい。

「わずかな間」

新参者は、いずれは、を夢見て耐えてきた。

それが松平外記の一件で狂った。松平外記の刃傷は、役目に常態化していた悪習を白日のもとに晒した。

「……」

「馬鹿なまねを」

ほとんどの役人が気まずい顔をしたなかで、老中は怒った。

老中は幕政最高の地位にあり、将軍からも敬意を払われる。譜代大名のなかからとくに優秀なものが互いに競い合いながら、ようやくたどり着く。

「あのお方はいずれ」

老中になれる人物は、決まった役職を経験して、徐々に立身していく。

「儂が先達じゃ。言うことを聞け」

将来の執政に、そう言える者は少ない。

なにせ人というのは他人からされたことを忘れないからだ。

「あのときの仕打ちは忘れておらぬ」

いじめた相手が老中になった。当然、報復はある。

「寛永寺の修復を」

「大坂城代副役《そえやく》として赴任せよ」

金のかかる手伝いをさせられたり、遠国へ赴任させられる。

それがわかっていて、老中になるべき人物をいじめる者などはいない。

そう、老中は役目に付きもののいじめについて、なにも知らなかった。

松平外記は老中に、隠されていた闇を見せつけた。

「なんのために禄を食《は》んでおるか」

老中が叱責したが、それを真摯に受け取った者は少なかった。

「いずれ、記憶は薄くなる」

多忙な老中が、たかが書院番内でのいじめにいつまでもかかわっている暇はないはずだと、甘く見る者がほとんどであった。

「脅しに過ぎぬ」

目付が園崎隼人丞を咎めたことも、見せしめていどにしか受け止めていない者が多かった。

「いつまでにできるかの」

老中たちは、今回の件を機に城中の規律を厳密に引き締めるつもりでいた。

とはいえ、天下の政を担っている老中に、城中を見回る暇などはない。かといって目付も十人しかいないため、そこから人を割くことは他の任務に支障を来す。

「組頭に責めを負わせるか」

老中たちは、役人たちのなかに監察役を設けることにした。

「努々《ゆめゆめ》油断をするでないぞ」

といっても組頭の数は多い。すべてを集めるとなれば、それこそ大騒動になってしまう。老中たちは組頭の一つ上、頭を呼んで釘を刺した。

「お任せをいただきますよう」

実務を部下に丸投げしていいと最初に言われているのも同じ。書院番頭を始めとする高禄旗本たちは安易に引き受けた。

「ご執政衆からのお指図である」

書院番頭は書院番組頭にそう命じただけで、それ以上のことは気にもしなかった。

「承りましてございまする」

書院番組頭は上からの命《めい》なので受け入れる。

「皆、気を引き締めよ」

だからといってなにをするわけでもなく、番士たちにそう告げただけでお茶を濁そうとした。

その結果が初老の書院番士に、歳嵩の書院番士であった。

そう遠くないうちに二人はいなくなると戸尾右門は言った。

「……………」

弁当を続けず、志真佑は口をぼんやりと開けた。

三

十一代将軍家斉には、生まれたての紀五郎《のりごろう》を含めて二十六男二十七女、合わせて五十三人に及ぶ子女がいた。

もっともそのうち半数は、幼少の間に亡くなっているが、歴代将軍のなかでも群を抜いての子だくさんであった。

その子供たちの頂点に立つのが、現在西の丸にいる家斉の次男家慶であった。

徳川家慶は、寛政《かんせい》五年（一七九三）の生まれで三十一歳、長兄竹千代が二歳で病没したことで、世継ぎとなった。

「気に入らぬ」

しかし、なぜか家慶は家斉に嫌われていた。

「このままでは幕府は保《も》たぬ。八代将軍吉宗公の改革に倣うべきである」

家慶は元服して西の丸に居を移してから、幕府の財政など気にもせず、放漫な政をおこなう父家斉を手厳しく批判してきた。

「実際を知らぬ、小僧が」

当然、家斉はおもしろくない。

家斉は十代将軍家治に世継ぎがなかったことで、御三卿《ごさんきょう》の一つ一橋家《ひとつばしけ》から養子に入った。

言いかたは悪いが、家斉は本来将軍となれる身ではなかった。

五代将軍綱吉、六代将軍家宣《いえのぶ》、八代将軍吉宗と、過去分家から本家を継いだ将軍は三人いた。

「分家風情が」

将軍だけでなく、天皇家、公家《くげ》、大名家と身分の高い家は、血筋を大事にする。

直系での相続の場合は幼児であっても、家臣たちの忠誠心は大きく変化しない。

というのは、家臣の忠義は、主人個人へと向けられたものではなく、家へのものだからであった。

主家があるから、家臣に禄が与えられる。

その一例として、主家が改易された後の家臣を見ればわかる。

「治政に足らず」

能力がないと幕府に糾弾されて取り潰される大名の家臣たちは、そのすべてが浪人となって禄を失う。

「死去いたしましたゆえに、家督を嫡男へ」

一方、主君が死んだ場合、家は揺らぐことなく受け継がれ、家臣たちは浪人になることなくあり続けられる。

戦国のころならば、すべてを託せる主君に忠義を捧げることもあった。本来の主君を排した武田信玄《しんげん》、上杉謙信《うえすぎけんしん》など、戦に勝てる武将に命を預ける家臣は多かった。

だが、今は泰平である。戦もなくなり、手柄を立て、身代が増えることはなくなったが、今与えられている禄は保証される。ただし、この保証は主君によるものではなく、家に付随していた。

要は大名、旗本の精神は一人将軍ではなく、徳川家へと寄りかかっているのだ。

「徳川あっての我ら」

大名、旗本にとって、徳川本家こそすべてであった。

そこへ分家辺りから、ひょいと養子が割りこんできた。

「やむを得ぬ」

徳川本家の当主、天下の主である将軍を空位にしておくわけにはいかないからだとはわかっていても、先日まで同じように先代将軍の前で頭を垂れていた者を今日から主君だと崇めたてまつるのは難しい。

なにより、その一人しか候補者がいなかったのならばまだしも、何人ものなかから選ばれたとなると、より納得しにくかった。

五代将軍綱吉のときには、宮家から将軍を迎えるという話や、綱吉の甥甲府宰相綱豊《つなとよ》こそという声があった。

六代将軍家宣のときは甲府宰相綱豊が継承で名前を変えただけだったので、まだすんなりと進んだが、それでも御三家筆頭尾張《おわり》家の当主をという意見も出た。これは初代将軍家康が、本家に跡継ぎなきときに人を出せとの意で御三家を創設したと言い伝えられていたからである。

八代将軍吉宗のときには、それこそ尾張家とかなり競い合ったし、他にも六代将軍家宣の弟松平清武《きよたけ》を推す者も多かった。

直系でない相続には、かならずもめ事がついて回った。

そして、家斉のときも紆余《うよ》曲折があった。

そもそも十代将軍家治の直系はいた。家基《いえもと》である。

名前からもわかるように代々将軍となる者にだけ許される家という偏諱《へんき》を持ち、元服もすませていた家基は、八代将軍吉宗によく似ているとして周囲の期待を集めていた。

「そろそろ躬《み》も大御所となるかの」

大御所とは将軍位を譲った者に与えられる称号である。父である家治も隠居を考えるほど息子を頼りにしていた。

その家基が、趣味の鷹狩りに出た日から発病、天下の名医を集めた治療、名僧高僧神官の祈禱《きとう》のかいもなく、倒れてから三日で帰らぬ人となってしまった。

すでに十八歳となっていた家基の急死は、次代は安泰だと油断していた天下を揺るがした。

なにせ家基以外の子供は生まれて間もなく死去しており、家治の血を引く者はいなかったからである。

「御三家から」

「いや、将軍のお血筋に近いということを第一にして御三卿から」

幕府は大いに慌てた。

御三卿は八代将軍吉宗が御三家を押さえこみ、吾が血筋で将軍家を独占し続けるために設けたもので、継承順位は高い。

その御三卿にも順位はあった。

吉宗の次男宗武《むねたけ》を祖とする田安《たやす》家が第一、四男宗尹《むねただ》を初代とする一橋家を第二、九代将軍家重の次男が封じられた清水《しみず》家が末席になる。

「田安賢丸《まさまる》こそ」

うまいぐあいに田安家には候補たる男子がいた。幼いときから聡明で知られた田安家の七男賢丸である。

「天下は安泰じゃ」

誰もが田安賢丸が十一代将軍になると思いこんでいた。

「田安家の賢丸を白河《しらかわ》藩松平家の養子となす」

まさに青天の霹靂《へきれき》であった。

家治が田安賢丸を跡継ぎにはしないと言い出した。

「お考え直しを」

当然周囲は家治に翻意を促した。

「ご台命《たいめい》にさからわれるおつもりか」

それを遮ったのは、家治の寵臣老中格の田沼主殿頭意次であった。

八代将軍吉宗、九代将軍家重、十代将軍家治の三代にわたって仕えた田沼意次は、その能力もあって、どの将軍からも重用された。とくに家治の信頼は厚く、どのようなことでも「主殿頭のよいように」と任せるほどであった。

その寵愛《ちょうあい》は、旗本だった田沼家を遠州《えんしゅう》相良《さがら》城主の大名に取り立てるほど深い。

「…………」

家治からすべてを預かっている田沼意次が邪魔をする。

それはすなわち田安賢丸を白河藩松平家へ出すという考えが、田沼意次の発案だと示していた。

そして、天下一の権力者である田沼意次に敵対することは、身の破滅を招く。

結果、多くの者が沈黙した。

「せめて賢丸を田安家に残していただきたい」

田安家だけが抵抗した。

将軍継嗣の座はあきらめても、臣下の家柄への養子だけは避けようとした。一度でも他姓を名乗った者は、将軍になれないという不文律が幕府にはあったからであった。

大元は家康の次男秀康《ひでやす》にまで遡る。

天下人を目前にした豊臣秀吉に膝を屈した徳川家康は、次男を養子という形で差し出した。

当たり前だが秀康は豊臣という姓になり、そこからさらに結城《ゆうき》へ養子に出て結城秀康となった。

こうして家康の跡継ぎである二代将軍には三男秀忠《ひでただ》が就いた。

これが前例になった。

松平は徳川家康が前に名乗っていた姓ゆえに、他家ではないようにも見えるが、白河松平家は別であった。

今でこそ松平を称しているが、本姓は久松《ひさまつ》だったのだ。家康の母於大《おだい》の方が父広《ひろ》忠《ただ》によって離縁された後、再婚した先が久松家であり、そこで生まれた男子が家康の異父弟として松平の名乗りを許された。

正式なところ、白河松平家は臣下の家柄で徳川家の一門扱いを受けていない。

そこへ養子に出てしまえば、もう賢丸に将軍となる目はなくなる。

たとえ、十一代将軍の座は逃しても、次がある。十一代将軍になった者がいつまで生きているかわからないし、子供が、それも男子ができるとはかぎらないのだ。

そう、田安家にとどまれさえすれば、賢丸には十二代将軍という芽が残る。

「ならぬ」

だが、それは田沼意次に操られていた家治によって却下された。

「…………」

たとえ傀儡《かいらい》であろうが、状況をわかっていなかろうが、将軍の命《めい》、台命は絶対であった。こうして田安賢丸は松平定信《さだのぶ》となり、臣下になった。

「この恨み、忘れるものか」

手の届くところにあった将軍の座から遠ざけられた松平定信は、最大の障害であった家治が病死するなり復讐の牙を剝いた。

「お心に添わぬことあり」

まだ死んでいない体《てい》で出された家治の命で田沼意次は、頂点から叩き落とされた。与えられた領地は取りあげられ、見せしめとして居城は破却された。

「愚か者に親政などさせてたまるか」

臣籍降下したとはいえ、松平定信は八代将軍吉宗の孫には違いない。さらに幼少のころから英邁《えいまい》で知られてきた。

「御上のために働きたく」

殊勝に言ってみせれば、

「老中首座を」

家柄、識見、才能。どれをとっても卓越している。さすがに大政委任は将軍からの要請がいるため無理だったが、幕政の頂点に松平定信は立った。

「上様は、お心の赴くままにお過ごしくださいませ」

将軍世継ぎから将軍宣下までのわずかな間だけ、次の将軍は上様と呼ばれる。

松平定信は家斉が、台命を出せるようになる前に実権から遠ざけた。

「そうしよう」

家斉も、本来の家柄、人物としても勝てなかった一門松平定信への遠慮がまだあった。将軍でなければ、世子とはいえ老中を押さえこむのは難しい。

「有徳院《うとくいん》さまの治世に戻す」

老中首座となった松平定信は、吉宗の政を模した寛政の改革を始めた。

「………」

家斉も幼く将軍となる前とはいえ、松平定信に政を預けるという判断をしているだけに、専横だと糾弾するわけにもいかなかった。

だが、厳しい寛政の改革は世間の雰囲気を悪くし、生活必需品でさえ最低限で我慢しろという政策は、商業活動を大きく阻害し、天下の経済が滞った。

「白河の清きに魚の棲《す》みかねて、もとの濁りの田沼恋しき」

狂歌が、白河藩主となっていた松平定信を嗤《わら》いものにするなど、世間の反発がたかまった。

「職を解く」

世論を利用した家斉は、松平定信を罷免し、政を吾がものに取り返した。

「金を回すことこそ、天下を豊かにする」

倹約の後は放埒が来る。歴史がそれを証明し、抑えつけられていた民たちがそれを要望する。

「跡継ぎがおらねば……」

家治に跡継ぎがいなくなったことで己が将軍となれたとわかっている家斉は、天下の政を扱う以上の熱意を持って子作りに励んだ。

その結果が問題を生んだ。

言うまでもないが、将軍の子供が何人いようとも、世継ぎとなるのは一人だけである。あと万一に備えて、もう一人くらい残しておけばよい。

「三卿を増やすわけにもいかぬ」

幕閣は多すぎる家斉の子供をどうするかで頭を悩ました。

吉宗が御三卿を創設できたのは、その改革が功を奏して、十万石ていどの親藩を増やすくらいの余裕が徳川家にはあったからである。

だが、その余裕も家重の代までで消え去った。

「これ以上、分家は作れぬ」

金がない。だからといって将軍の子供を飼い殺しにするわけにはいかなかった。

「娘を嫁がせてくれよう」

姫はまだよかった。正室のいない大名へ押しつければいい。化粧料という名前の持参金は多少嵩むが、さほどではない。

問題は息子であった。

「養子に遣わす」

結局は娘を嫁に出すのと同じように、息子を養子にやることになるのだが、大きな条件が付いた。

「将軍の息子をもらっておいて、跡継ぎにしないなど許されぬ」

たとえ養子先の大名に嫡男がいようが、男子が余っていようが、そのような事情はかかわりなかった。

「当家には、すでに元服した嫡男がおりまして」

「嫡男は某家の姫との間に婚姻を」

押しつけられそうになった大名が逃れようと抵抗する。当たり前のことであった。武士は血筋を大事にする。家臣たちが忠義を捧げるのも主家の血筋だからこそである。家と血は一体で、切り離せるものではない。

養子の押しつけは徳川家による主家の乗っ取りに他ならなかった。

「公方さまのお気遣いを無にするか」

しかし、反対は将軍という名前で押さえこまれてしまった。

「無念なり」

押しつけられた家は、内心穏やかではなくなる。

「天下を乱す一因になる」

この状況を憂いたのが、いずれ十二代将軍となる家慶であった。

家慶が天下を受け継いだとき、各地の大名家に不満が溜まっていてはまずかった。さすがに謀反を起こすところまではいかないだろうが、家慶の指図に唯々諾々《いいだくだく》と従わなくなるかも知れなかった。

「しばしご猶予を」

お手伝い普請や幕府の指示を拒みはしないが、引き延ばす。

「お引き受けいたしましたが、なにぶんにも難しく……」

あるいは引き受けていながら、先延ばしにする。

徳川への恨みは徳川に。

藩侯が家斉の息子であろうとも飾りでしかなく、実際は家老や用人、組頭が握っている。

「不届きなり」

だからといって、咎めるわけにはいかなかった。なにせ藩侯は家慶の弟たちなのだ。

「そのていどの者を押しつけた」

幕府の権威を守るために藩侯を叱れば、そう切り返される。

まさに幕府は身動きが取れなくなる。

まだ家斉が将軍の間はいい。なにぶんにも家斉は父親、子供側になる大名家としたら孝行という儒教の教えからいっても逆らいにくい。

「一つ違えば……」

それに対して家慶は嫡子ではあるが、同じ兄弟でしかなかった。

長男の竹千代が早世したことで次男の家慶が世継ぎとなっただけで、能力が卓越しているというわけではない。

親子と兄弟、この関係は似ているようで、大きな違いがあった。

決して翻ることのないのが、親子。家を継げるかどうかで変わる兄弟。そもそも家斉自身が長幼とか家柄の上下を無視して、十一代将軍になった。家康が家光を三代将軍にするとき、長幼を第一に置いたことは有名な話であり、徳川家はずっとそれに従ってきた。八代将軍吉宗もそれを遵守したから、優秀な次男宗武ではなく、言語不明瞭な長男の家重を九代将軍にした。

それらの前例がありながら、家斉は松平定信を押しのけて天下人になった。それも自力ではなく、父親である一橋治済《はるさだ》、老中格田沼意次の力によってである。

「父親が後継者を決めていい」

幼かった家斉が父一橋治済の手腕を誤解した。

まずいことに家斉は、それをときどき口にしてしまった。

「余が選ばれることもある」

「兄が廃嫡されるやも……」

家慶の弟たちの心に希望が棲みついた。

それは大名家へ養子に出た後も消えなかった。臣下に降りた者は将軍になれないという不文律さえ、枉《ま》げられると思いこんだ。

そういった弟たちが、家慶を敬うはずもない。

「大名家へ弟を養子に出されるのはご遠慮くださいませ」

「そろそろお胤《たね》はお納めいただきたく」

家慶は家斉にむやみやたらと養子に出すな、これ以上子供を作るなと申し入れた。

「うるさい。躬が将軍である。すべては将軍の思うがままになるべき」

家斉が生意気だと家慶を叱りつけた。

「廃嫡してくれようか」

言うことを聞かない息子など切り捨ててやると家斉は考えたが、すでに家慶を中心とした次期幕閣の構築が始まっている。さすがにそれを怒りのままに無にするほど家斉は愚かではなかった。傍系から入った家斉は、どうしても譜代大名や旗本の忠誠が薄いと自覚していた。

そして不思議なことに、一橋系二代目で将軍直系になる家慶には人望が集まっている。表だって敵対すれば、排除されるまではいかなくとも、家斉が傷を負うことはまちがいなかった。

「ならば……」

欲しいものはすべて手に入れてきた家斉は辛抱できなかった。

「たまには食事をともに」

昼食を供にと家慶を本丸まで呼び出した家斉は、吾が子に毒を盛った。

「ぐっ……」

毒の量が少なかったのと家慶が警戒していて、一口を少なめにしていたことが幸いし、一命を取り留めた。

「吾が子を殺そうとするとは……」

さすがに将軍が次期将軍を毒殺しようとしたなど、表沙汰にはできない。ことは食あたりということで片付けられたが、親子の関係に修復不可能な亀裂が入った。

「親殺し、将軍殺しはできぬ」

やられる前にやれが、武士の心得である。しかし、親殺し、将軍殺しは天下に許されない大罪であり、やれば家慶の将軍就任はなくなる。

「吾が身を守るしかない」

今はまだ家斉が将軍なのだ。

「信用できる者を集めなければ……」

家慶は西の丸付の者を見極めようとしていた。

第四章　恨の根

一

役人にとってしくじりは、生涯ついて回る。

「某と某のどちらかを勘定奉行に引きあげようと思うが」

「どちらも能力は問題ないか」

「家柄でいけば、某のほうが上だな」

「では、それでよいかの」

「お待ちくださいませ」

老中が御用部屋で人事を決めているところに、控えていた奥右筆が口を挟んだ。

「某どのは、かつて……」

幕府の人事すべてを記憶していないと務まらないといわれている奥右筆である。

すぐに某の過去の失態に気づく。

「そのようなことが」

「ふむ。その後は失態もなく無事に務めておるようだが、勘定奉行にするには少し荷が重いやも知れぬの」

「では、今回はもう一人の者にいたそうぞ」

こうして本人の知らないところで、出世が阻まれる。

幕府役人にとって、失点は生涯消せない烙印《らくいん》であった。

「やむなし」

「無念なれど……」

失点を付けられた役人の多くは、その処分を受け入れて逼塞する。さっさと他人の記憶から己を消し去ろうとおとなしくする。

「負け犬のままではおれぬ」

「今一度、お役に」

なかには栄光を忘れられない者もいる。

「役高がないと……」

与えられていた役高との差を罷免されたことで取りあげられた者は、もっと切実であった。

「お役に就くために、撒《ま》いた金の回収ができておらぬ」

とくに小普請から抜け出るために、要路や小普請組頭へ賄を贈った者は顔色がなくなった。

「いつでも結構でございますよ」

「ご出世払いで……」

役目にあったときには、借財のことなどどうでもいいとにこやかだった金貸したちが豹変《ひょうへん》する。

「いつになればお返しいただけますか」

「いたしかたございませぬ。御家宝のお刀を利子としていただきましょう」

それこそ毎日のように借金取りが来る。

「出入りは禁じられておる」

逼塞には閉門が付属することが多い。さすがに門を竹で封じられるほどではなくとも、固く閉じて出入りは遠慮しなければならない。

だが、そのようなことは借金取りには効果がなかった。

閉門にも抜け道はあった。当たり前である。屋敷のなかには当人だけでなく、家族や奉公人もいる。これらの者たちの生活に必需なものを手配しなければならない。そのため、表門は無理だが、脇門あるいは勝手口などから奉公人が出入りすることは黙認されている。そしてその逆になる、商人の出入りも許されていた。

「某さまへ借財の返済をお願いに」

「うむ」

たとえ小人《こびと》目付《めつけ》が人の出入りを見張っていようとも、正当な理由があれば止められることはない。それどころか、懲罰の意味も含めて、借金取りは最初に用件を確認しただけで、以降は素通りさせる。

「なんとしても復帰せねば」

武士だからといっても、商人をないがしろにはできなかった。

さらに今は咎めを受けている状況なのだ。商人を追い返すこともできないし、ましてや無礼討ちなどとんでもない。

追い詰められると人は思案するだけの余裕を失う。

「余こそ書院番頭にふさわしい」

松平外記の刃傷で責任を取らされた酒井和泉守が復権を企んだ。

「六郎右衛門のせいじゃ」

酒井和泉守は松平外記がいじめを受けていたことを知っていたが、些細なことだと、組頭だった大久保六郎右衛門に丸投げしていた。

「そのていどのことで余の手をわずらわせるな」

「いつものことじゃ」

見慣れている光景に、大久保六郎右衛門もまともに対応しようとしなかった。いや、いじめをしていた本多伊織、戸田彦之進らへ最低限の注意しかしなかった。

「監督不行き届きである」

ことが大きくなったため、幕府も見過ごすことはできず、書院番頭、書院番組頭、直属の上司に責任を取らせた。

「お役を免じる」

酒井和泉守も大久保六郎右衛門も職を解かれ、小普請組へと落とされた。

「儂が小普請だと。徳川家にとって酒井は格別の家柄であるぞ」

書院番頭は四千石高とかなり高位になる。役高でいえば、勘定奉行や町奉行を上回る。当然、書院番頭になるにはそれなりの家格が条件であり、お役を退いた後は寄合に入るのが慣例であった。

寄合も無役の旗本の待機場所になる。ただ家柄あるいは禄高が高い者でなければ、寄合には入れないため、数が少ない。それでいて、寄合の格式にふさわしい役職はそこそこある。それこそ役目一つに百人といった小普請組とは比べものにならない。

酒井和泉守の家は、酒井本家の分家の分家という末葉であるが、それでもそのへんの旗本とは幕府内での扱いは違う。

「一族の恥さらし」

「先祖の名を汚した罪を雪《すす》ぐために腹を切れ。拙者が介錯をしてくれようぞ」

事情を知った親戚が、酒井和泉守を罵った。

「…………」

それに対し、酒井和泉守はなにも言い返せなかった。

反論すれば、幕府の処分を不満に思っていると取られてしまう。

「吾が身を省みず、御上を恨むなど」

ちらとでも、不満を漏らしたのが外へ聞こえれば、今度こそ酒井和泉守は終わった。なんとか名門を残すため、先祖の功績に免じて、という理由で切腹や改易は免れるだろうが、酒井和泉守の隠居仏門入り、家禄はかろうじてお目見えの適う二百石前後まで減らされる。

「儂を非難する暇があるならば、伝手を使ってでも放免の手配をするべきであろう。なんのために本家だと威張っている」

酒井和泉守は親戚にも文句を言った。

徳川四天王の筆頭と讃《たた》えられた忠次《ただつぐ》を祖とする酒井本家は、幕府においても重職を歴任している。四代将軍家綱の代を支えた酒井雅楽頭《うたのかみ》忠清《ただきよ》は大老《たいろう》であったし、それ以降、それ以前にも老中を務めた者は両手では足りないほどいる。

「お役目を存分に果たせなかったことを悔いておりまする。なにとぞ、お慈悲をもって今一度和泉守に機を与えていただきますよう」

酒井本家は、いつでも将軍へ目通りを願える。そこで両手を突き、頭を下げたならば、家斉も無下にはできなかった。

「ならば一年じゃ」

さすがに無罪放免はないが、無期の謹慎を期限付くらいにはできる。

「お目通りを許される」

今は屋敷で逼塞しなければならず登城できないが、将軍からの呼び出しがあれば謹慎は解かれる。

「お先手頭に任じる」

書院番頭より一枚格落ちになるが、酒井ほどの名門を放置はできない。次の役目がすぐに決まり、二年ほどおとなしくしていればさらなる立身が待っていた。

「小姓番頭をいたすがよい」

問題を起こした書院番の頭への復帰はないが、それに並ぶ小姓番頭あたりに任じられてもおかしくない。

書院番と並ぶ小姓番は、常に将軍の側近くにある。外出の供をする書院番よりも名誉なうえ、将軍の目に留まりやすいため出世もしやすい。

「小姓番頭から、御側《おそば》御用取次《ごようとりつぎ》、そして側用人」

名門旗本がたどる出世街道、側用人となれば大名になれる。

「その栄光は、儂にこそふさわしいものだ」

酒井和泉守が自画自賛した。

「ええい、腹立たしい」

だが現実は反対であった。

「どうしてくれよう」

酒井和泉守の鬱積は溜まる一方であった。

「内膳《ないぜん》、内膳はおるか」

立ちあがって書院の襖を開けるなり、酒井和泉守が大声で用人を呼びつけた。

「……御用でございましょうか」

用人の内膳が小走りにやってきた。

「大久保六郎右衛門へ使いを出せ」

「それはお控えくださいませ。当家は謹《つつし》み中でございまする」

主の命《めい》に内膳が首を左右に振った。

人の出入りさえ控えなければならないというときに、罪を受けた者同士が連絡を取り合うなど論外であった。

「それくらいわかっておるわ。密《ひそ》かにじゃ、密かに。御上に知れねばよかろうが」

「お止《や》めくださいませ」

酒井和泉守の指図に用人が逆らった。

「もし御上の目に留まりましたら、どうなさるおつもりでございますか」

内膳が諫言《かんげん》を続けた。

「今は御上のお指図に従って、慎んでくださいませ。さすればいずれ、御上のお怒りも解けましょうほどに」

「いつ解けると申すか」

用人の言葉に酒井和泉守が苛立った。

「いつとは、わたくしにはわかりかねまする」

「生涯解けぬやも知れぬのだぞ」

困惑する内膳を酒井和泉守が怒鳴りつけた。

「……ですが」

酒井和泉守の怒りが強くなるとわかっていても、止めなければならなかった。もし、これを受け入れて、それが幕府に漏れれば酒井家はただではすまない。

「お家のことをお考えくださいませ」

内膳が手を突いて酒井和泉守をなだめようとした。

「考えたうえでのことぞ」

酒井和泉守が内膳の懇願を蹴飛ばした。

「それともなにか、そなたは儂を御上に売るつもりか」

「なんということを」

ばれればというのはおまえがしゃべるからか、と言われた内膳が唖然とした。

「わたくしは譜代の家臣でございまする。主家に殉ずることはあっても、裏切るようなまねはいたしませぬ」

疑われた内膳が背筋を伸ばして反論した。

「ならば、ばれることはない」

「お相手がございまする」

問題なしと口にした酒井和泉守に内膳が異論を唱えた。

「大久保六郎右衛門が儂を訴え出るとでも。あやつは儂が頭を務めていたとき、犬のように忠実であったぞ」

酒井和泉守が馬鹿なことをと否定した。

「状況が違いまする」

すでに酒井和泉守と大久保六郎右衛門の間にあった、上役と下僚という関係は崩壊している。

「変わらぬ。六郎右衛門はずっと儂に付いていくと申しておった」

内膳の反抗を酒井和泉守が片手であしらった。

「宴席での話でございましょう」

「あやつが新任で挨拶をしに来たときのことじゃ」

確認する内膳に酒井和泉守がうなずいた。

「それは衷心からではございませぬ。御機嫌伺いの挨拶というもの」

「武士が口にしたことだ。二言があるはずはない」

「殿……」

主の世間知らずに、内膳が絶句した。

「使いを……」

「お考えなおしを」

「くどい。下がれっ」

あくまでも止めようとする内膳に酒井和泉守が切れた。

「長屋で謹慎しておれ」

己と同じ境遇に用人を落とした。

「……はっ」

そこまで言われれば、これ以上の抵抗は無駄であった。

「…………」

無言で平伏して内膳が書院前から去っていった。

「融通の利かぬ奴め。手紙を届けるだけぞ。儂は屋敷から出ぬわ」

酒井和泉守が吐き捨てるように言った。

「役に立たぬ者に禄を払う意味はない。放逐するか」

腹立たしげに酒井和泉守が呟いた。

「代々の用人というのがまちがいであったな。役に立つ者こそ用人とすべきじゃの。どれ、誰が儂の命に従うか」

酒井和泉守が少し思案した。

「あやつがよかろう。若いがなかなか気が利く」

ふと酒井和泉守が一人の家臣のことに思い至った。

「静也《しずや》、参れ」

まだ開け放たれたままだった襖の間を、酒井和泉守の声が通り抜けていった。

二

酒井和泉守とともに責任を取らされた大久保六郎右衛門は、屋敷で悄然《しょうぜん》としていた。

「ようやく組頭になれたというに……」

書院番組頭は大きな出世を望める地位ではないが、数年無事に続けられれば、駿府城代、甲府勤番支配、小普請組頭などへ転じることもあった。

駿府城代や甲府勤番支配には、遠国勤務手当が付き、小普請組頭は余得が多い。

まったく面白みもない書院番組頭で精勤していたのは、その先を望んでいたからであった。

「あまり目立つな」

本多伊織、戸田彦之進らの所業を知ってはいたが、止めに入るとそこで配下と軋《あつ》轢《れき》を起こしかねない。口さがない者たちの城中の噂となっては困るので、一応の注意を本多伊織らに与えたものの、それ以上のことを大久保六郎右衛門はしなかった。

ことなかれこそ、役人を長く続ける極意である。そのことを大久保六郎右衛門はよく知っていた。

ある意味、それは正解であった。だが、ことなかれは無事のときの最善手で、なにかあったときには最悪手になる。

今回は最悪手になってしまった。

「委細を知っておきながら……」

若年寄に呼び出された大久保六郎右衛門は、氷のような目つきで睨まれた。

「公方さまの盾たる書院番が、同僚同士で助け合わず、新参者を相手に傍若無人な振る舞いをするなど論外であるが、それを知っておりながらなにもしなかったというのは、上役として言語道断である。これが戦場であったらそなたの組が崩壊しただけでなく、全軍へ波及していたやも知れぬのだ」

「注意をいたしました」

「しただけで、結果が出ていなければしていないのと同じである」

大久保六郎右衛門の言いわけは若年寄に一蹴された。

若年寄は旗本すべてを管轄する役割である。酒井和泉守、大久保六郎右衛門で止めなければ、己の身にも罰が及びかねない。

若年寄は若年寄で、生け贄を生み出そうとしていたのだ。

「申しわけもございませぬ」

ここで言い張っても無駄だと大久保六郎右衛門にはわかっていた。若年寄は端から、大久保六郎右衛門と酒井和泉守にすべてを押し被《かぶ》せる気でいる。

「いえ、それは違いまする」

抗弁することはできるが、当然若年寄の神経を逆なでしてしまう。

「言いわけとは、未練たらしい」

「旗本としてふさわしくない言動である」

より若年寄を怒らせる結果になり、

「委細は評定所で弁明するがよいわ」

お役御免のうえ謹みという咎めだけではすまなくなる。

評定所へ呼び出されるのは、旗本にとって不名誉極まりないことであるし、忙しい老中や勘定奉行の手間を取らせるため、不機嫌にさせてしまう。

「家禄半減」

傷口が大きく拡がる。

おとなしく叱りを受けたお陰で、大久保六郎右衛門の罪はまだ軽かった。

「ほとぼりがさめるまで待つ」

大久保六郎右衛門はまだ賢明であった。

失敗を犯した者に幕府は優しくない。まず一代の間は干される。とはいえ、ごく稀にだが、一年やそこらで謹慎を解かれて、復帰する者が出た。

「反省の意を示した」

将来に多少の悪影響はある。まったく無傷というのは、周りが納得しない。

それでも世間から嫌われ、代を継いでいくうちに忘れられるよりはましであった。

「……というのに」

嫌そうな顔で大久保六郎右衛門は手にしている書状を見下ろした。

「これを」

異様に安い野菜を売りに来た見覚えのない行商人が、大根の笊《ざる》の底から取り出したのが、酒井和泉守からの書状であった。

「下手に動くのはまずいとわかっておられぬ」

大久保六郎右衛門がため息を吐いた。

「なにより、今後のことを話し合いたいから、儂に屋敷まで来いとは……」

謹慎中の旗本が出歩くなど論外である。見つかれば、まちがいなく家が潰れた。

「目立たぬように暗くなってからなど、話にならぬ」

かなり前からあってなきようなものになっているとはいえ、旗本には門限がある。普段ならば吉原から朝帰りをしようとも咎められることはないが、罪に服しているときに門限破りなどとんでもない。

「己は安全な屋内から出ずにすまそうなど」

酒井和泉守の保身など、大久保六郎右衛門には丸見えであった。

「勝手に参りました。わたくしはおとなしくしておりましたものを」

なにかあって大久保六郎右衛門が捕らえられたときなどに、酒井和泉守は逃げきれるようにと考えてのことである。

「愚物が」

大久保六郎右衛門が吐き捨てた。

「吾を巻きこむな」

酒井和泉守の呼び出しを大久保六郎右衛門は無視した。

呼び出した日を過ぎても、大久保六郎右衛門からはなんの反応もない。

「なにをしておるのだ」

酒井和泉守は苛立っていた。

「怖れておるのではございませぬか」

内膳の代わりに抜擢《ばってき》した若い側近が言った。

「……怖れておるだと」

「御上に見つかることをでございまする」

怪訝《けげん》な顔をした主に側近が告げた。

「屋敷を見張っている小人目付のことか」

「はい。見つかれば重き咎めを受けまする。それを大久保さまは怖れておられるのではございませぬか」

確かめるように訊いた酒井和泉守に側近が答えた。

「ふむ。ありえるな」

少し思案した酒井和泉守は、側近の考えに同意した。

「肚《はら》の据わらぬ男であるな」

酒井和泉守が大久保六郎右衛門を嘲笑した。

「男というのは、いざというときにどうするかで価値が決まる。叱られたからと言って萎縮するようでは、ものの役に立たぬ」

「仰せの通りでございまする」

側近が酒井和泉守の考えを称賛した。

「かの加賀百万石の始祖前田利家《としいえ》を見よ」

大名であろうとも外様は敬称を付ける価値はないと、旗本たちは呼び捨てにすることが多い。酒井和泉守もその一人であった。

「織田《おだ》信長《のぶなが》公に叱られて家中から放逐された後、桶狭間《おけはざま》の合戦に許可なく参加して兜首《かぶとくび》を三つあげたが帰参を許されず、その次の戦いにも無断で出陣、そこで名のある武将を討ち取ってようやく復帰が認められた。一つまちがえば、お手討ちになってもおかしくない行動に出て結果を出したからこそ、前田家は百万石という大大名になった。もし、放逐されたとき、おとなしく待っていれば、あるいは他家へ仕官していたら、今の前田家はない。危急のおりこそ、動くべきなのだ」

「まさに、まさに。殿のお言葉に感服つかまつりましてございまする」

滔々《とうとう》と語る主君を側近が褒め讃えた。

「うむ」

讃えられた酒井和泉守が満足げにうなずいた。

「それさえわからぬのか、六郎右衛門は。やはり組頭までしか務められぬ者は、頭となれる器量ではないということだの」

酒井和泉守が大久保六郎右衛門を見下した。

「では、このあとはいかがなさいまするか」

側近が今後の予定を尋ねた。

「そなた大久保六郎右衛門を説得して参れ」

「わ、わたくしが」

言われた側近が目を見開いた。

「手紙は届けられたのであろう。ならば、大久保家へ入るくらいはできよう」

「殿、書状は当家出入りの商人に金を渡して……」

手紙という目立たない大きさのものだからこそなんとかなったのだと、側近が説明をした。

「なにを申しておる。その商人とやらは、大久保家へ入ったのであろうが。ならば、人でも可能ではないか」

「…………」

理屈としては通っているが、酒井和泉守の言うとおりにできるならば、誰も苦労はしない。

「できぬと申すか。これは主命であるぞ」

酒井和泉守の声が低くなった。

「……はっ」

主命は武士にとって、命よりも重い。

「説得はいたしまするが……大久保さまが首肯なされなかった場合はいかがいたしましょう」

「するまで戻ってくるな」

書状に返答しないことで拒否を伝えてきているのだ。今さら、本人でもない家臣が一人来たところで、状況は変わるはずないと考えている側近に、酒井和泉守が冷たく宣した。

「そんな……」

側近が絶句した。

「わかったの。その代わり、六郎右衛門を無事に連れてきたときは、そなたを用人としてやる」

「用人……大山《おおやま》どのは」

出世をちらつかせる酒井和泉守に側近が問うた。

「内膳は役に立たぬうえ、儂に逆らいおった。不届き千万じゃ。今は長屋で謹慎をさせておるが、近いうちに放逐いたす」

旗本の用人は大名の家老に等しい。それだけに容易に罷免はできなかった。理由なく放逐すれば、家中取り締まり不行き届きとして、旗本本人が叱責されることにもなりかねない。ましてや、酒井和泉守が幕府から謹みを命じられているときに、用人を召し放つのはあまりに外聞が悪すぎた。

「放逐……」

側近が顔色を変えた。

放逐されるというのは士籍を削られることである。士籍があればこそ武士であり、なくなれば浪人、すなわち民となった。

これが乱世ならば、いくらでも武士の仕官口はあった。なにせ、一度戦があれば、数十、数百という討ち死にが出る。討ち死にしなくとも、大怪我で戦えなくなる者も多い。

討ち死にしても立派な跡継ぎがあり、次の戦に出られるようならば、そのまま奉公させてもらえるが、子供や兄弟がいない、いても小さいなどで急な役には立たないとなれば、召し放つ。その空いた禄で即戦力となる浪人を召し抱える。浪人となってもすぐに仕官の道はあった。

だが、それも戦のない泰平の世となれば、話は変わった。戦があればこそ、人は要る。数は力だからである。しかし、力が不要となれば、数は無駄になる。とくに贅沢が当たり前になることで消費が増えて物価が高騰した現在、どこの大名も旗本も財政をどうにかして好転させようと必死になっていた。

「召し放つ」

財政の負担をもっとも簡単に軽減させることができるのは、人減らしである。なにせ、すぐに禄の支払いがなくなるのだ。収入が増えるわけではないが、支出は減る。大名や旗本の手取りが増える。

そんな風潮に世間が染まっているときに浪人させられれば、どうなるかなど自明のことであった。

「内膳だけで終わりたいと思っておるぞ。召し放ちは」

「…………っ」

口の端を吊りあげて笑うような顔を作って告げる酒井和泉守に、側近が息を呑んだ。

三

　西丸書院番の本来の仕事は、年に何度あるかという状況であった。

「躬の代参をいたせ」

　家斉から命じられた家慶が、寛永寺や増上寺へ出かけるときに供をするだけ。

　しかも代参となれば本丸勤務の書院番組が出務する。今回は家慶の指示があり、西丸書院番組が出ることになったが、これは滅多にないことであった。その珍しいことを四組で分担するとなれば、一年に一度あるいは二度回ってくるかどうかというていどである。

「明後日、有徳院さま忌日のご供養に参加なさるため、お世継ぎさまが寛永寺へお見えになる」

　西丸書院番二番組に、家慶外出の警固が命じられたのは、志真佑がお役について二カ月ほど経った六月のことであった。

「公方さまの御成はないのか」

西丸書院番二番組がその話を受けたときに、ちょっとした騒ぎになった。なにせ吉宗は今の将軍家の始祖にあたる。家康と並んで別格あつかいされなければならない。

「ご気色すぐれられぬとのことである」

虎之間まで来た使者番が家斉ではなく、家慶が出ていく理由を述べた。

「承って候」

気分が悪いと言われればそれまでであった。書院番頭が手を突いた。

「…………」

当番になる西丸書院番二番組の全員も書院番頭に倣う。

「北条」

使者番が任を果たして虎之間から出ていった後、戸尾右門が志真佑を手招きした。

「なにか」

志真佑が戸尾右門のもとへ近づいた。

「お出かけの警固について教えておこう」

「お願いをいたしまする」

戸尾右門に言われた志真佑が頭を下げた。

「まず、お玄関前に集合すること」

「西の丸のでございますな」

玄関とは駕籠を載せる式台を保つ格式ある場所であり、西の丸にもあった。

「いや、明後日は将軍家ご代参としてのお出かけである。本丸玄関である」

「将軍家ご名代《みょうだい》」

志真佑が表情を変えた。

「固くなるな。ご城下であるぞ。今どき、なにもないわ」

初めての供に緊張している志真佑の肩を、戸尾右門が軽く叩いた。

「それにあらかじめ町奉行所がお道筋を検めておるし、警固には我ら書院番だけではなく、小姓番、大番も出る」

「なるほど」

もう一度肩を叩かれて、ようやく志真佑の身体から力が抜けた。

「さすがに新任のそなたに御駕籠脇を預けるわけにはいかぬでの。そなたは供頭となる組頭どののすぐ後ろに付け」

　戸尾右門が志真佑の配置を口にした。

　供行列でもっとも栄誉あるのが供頭であり、次に名誉な場所が左右の駕籠脇であった。あとはどこであろうともほとんど差はなかった。

「装束は黒の紋付きに袴。笠《かさ》も用意いたせ」

「はい」

　書院番士になったとき、無理をして要りようなものはそろえてある。志真佑がうなずいた。

「あと、柄袋《つかぶくろ》は使うなよ」

　柄袋とは、露や雨などが鞘《さや》のなかへ染みていくのを防ぐためのもので、柄から鞘の鯉口《こいぐち》付近を覆うよう包みこむ、布で作られた袋のようなものである。雨が鞘に入ると刀が錆《さ》びて使えなくなったり、抜けなくなる。最悪は斬り合っている最中にそこから折れることもあるのだ。

　道中する武士の、誰もが柄袋を付けるのはそのためであった。

　便利な柄袋ではあるが、付けていれば咄嗟《とっさ》に抜くことができなくなる。警固役たる書院番はお役目の間、雨が降ろうが霧が出ようが、柄袋を付けてはいけなかった。

「承知いたしました」

志真佑が首を縦に振った。

「あと足下は草鞋《わらじ》にするのを忘れるな」

「戦《いくさ》草鞋でございますか」

注意に志真佑が念を入れた。

「普通の草鞋でよい」

戸尾右門が首を横に振った。

草鞋と戦草鞋の違いは、その大きさにあった。戦草鞋は、指先から足の裏の半分ほどまでしかない短いもので、戦場で踏みこみを強くするために考えられていた。

「というか、北条の家には戦草鞋があるのか」

戸尾右門が驚いた。

「いえ、ございませぬ。ですからもし戦草鞋が要るとなれば、今日から夜なべをして作らねばならぬなと」

「真面目じゃの」

志真佑の返答に、戸尾右門が感心したようなあきれたような顔を見せた。

「さて、用意はそれくらいでよいだろう」

戸尾右門が姿勢を正した。

「…………」

雰囲気を察した志真佑も背筋を伸ばした。

「書院番士の心得を聞かせる」

「はっ」

志真佑が両手を突いて、身体を斜めにして頭を低くした。

「我らは公方さまの盾である。決して矛になろうとするべからず」

「矛になるな……」

聞いた志真佑が怪訝な顔をした。

「わからぬであろうな。書院番は公方さまをお守りするのが役目だというのはわかっておろう」

「それは当然でござる」

志真佑が応じた。

「戦場において、敵が本陣へ斬りこんだとき、書院番はどうすべきであるか」

「敵を公方さまに近づけぬようにいたすべきかと」

見つめられながら、志真佑が答えた。

「近づけぬようにする。ならば、公方さまより引き離すべきであるな」

「はい」

戸尾右門の発言を志真佑は認めた。

「前に出ることになる」

「…………」

声を硬くした戸尾右門に、志真佑が戸惑った。

「それはまちがいじゃ」

戸尾右門が断言した。

「盾が離れては、公方さまの御身が危険になる」

「お待ちを。公方さまの敵を排除するならば、少しでも離れたところのほうがよろしいのではございませぬか」

志真佑が首をかしげた。

「そなたが離れた隙に、他から公方さまへ近づく者が出てきたらなんとする。ただちにそちらへなどと言うてくれるなよ。そうなれば、今までそなたが相手をしていた敵が喜んで、公方さまへ刃を向けるであろう」

「ではどうしたら」

戸尾右門の指摘に、志真佑がうろたえた。

「どれだけ敵に誘われようとも、いかほど敵が隙を見せようとも、書院番士は公方さまを背におかばいし続けねばならぬ。たとえその身が敵の刃によって貫かれようとも、決して倒れてはならぬ。書院番士が死んでよいのは、公方さまのお身がご無事であると確信できたときだけである」

「死ぬことも許されぬ……」

志真佑が呆然とした。

「それが書院番士だと、心に刻め」

「…………」

厳しい声で教えこむように告げる戸尾右門に、志真佑はなにも返せなかった。

家斉は分家から入ったとはいえ、将軍である。

「気に染まぬ」

軽視する者を排除するくらいはできる。

「将軍として、ふさわしいおこないではございませぬ」

当初、家斉を掣肘《せいちゅう》するだけの力を持っている者はいた。松平越中守《えっちゅうのかみ》定信などがその代表であったが、寛政の改革の失敗などで表舞台から退かざるを得なくなったり、さりげなく左遷されたりとかして、江戸城からいなくなった。

「是非、わたくしめに」

その空いた席を欲しがる者は、家斉に媚《こ》びを売る。

「よかろう」

家斉も己に尾を振る者は優遇する。

それが重なれば、家斉の意に添う者が増えていく。

変わらず、家斉を分家の出として下に見る者はいるが、それよりも家斉を奉る者が多くなれば、勢力図の色分けは逆転した。

「公方さまに対し奉り、無礼千万」

「将軍はすべての武士を統《す》べるお方である。すなわち貴君の主でもある」

家斉によって引き立てられた者たちの言は正論である。

「分家ではないか」

言い続けたところで同調者が少なくなれば、

「ならば、将軍になれぬおぬしはなんなのだ」

こう切り返されて、御三家でも黙るしかない。

「そろそろ隠居してはどうかの」

孤立させてしまえば、家斉の勝ちである。

隠居を勧めるというのは、最後通告であった。

「お断りをいたしましょう」

拒否すれば、

「領地替えを命じる」

将軍だけが使える伝家の宝刀が抜かれる。

「なんとかいたしますゆえ」

宝刀が抜かれる前に、状況を伝えられ、それを聞いた家老たちが動く。転封《てんぽう》は藩にとって大事であった。実高が増えるならまだしも、表高はあるが、実高は低いという土地などいくらでもある。奥州《おうしゅう》棚倉《たなぐら》がいい例であった。棚倉の表高は六万石だが、実高は五千石ていどしかないのだ。

とてもではないが、やっていけるわけがない。

「そうなっては一大事」

家老たちが血相を変えて主君の説得にあたることになる。

「嫌じゃ」

藩のためにと言われても受け入れない場合には、

「押しこめ」

家老や重臣が結託して、当主を無理矢理座敷牢に閉じこめ、

「病に伏しましたゆえ、登城適いませぬ」

「当主を続けていくことが難しく、隠居を願いまする」

「嫡男に家督相続をお許しくださいますよう」

段階を踏んで、当主交代がおこなわれる。

家臣が主君を押さえこむなど、忠義に反するとして幕府から目を付けられかねない行動だが、後ろで家斉が糸を引いているとあれば、どこからも文句は出ない。

こうして家斉の敵はいなくなった。

老中を始め、幕府の重職に手の者をそろえたうえに、有力大名に子息あるいは姫を押しつけて取りこんだ家斉に、逆らえる者はいなくなった。

「内府め」

家斉が吐き捨てるように言った。

昨文政《ぶんせい》五年（一八二二）に家慶は正二位《しょうにい》内大臣に任じられていた。

「もう将軍になったつもりか」

家斉の機嫌は悪かった。

初代家康も将軍となる前は内大臣であったことから、この官職は徳川にとって重い。過去の将軍のうち、内大臣を経ずして将軍宣下を受けたのは、家綱の死去に伴う将軍継嗣のもめ事があった五代将軍綱吉だけしかいない。

そして世継ぎが内大臣になれば、近いうちに現将軍は大御所となって息子にその座を譲るのが慣例のようになっている。

「朝廷も口出しをいたしおって」

家斉が眉間にしわを寄せた。

「公方さま、お心お静かになされませ」

すぐ近くに侍っていた小納戸頭取《とうどり》中野《なかの》播磨守《はりまのかみ》清茂《きよしげ》が、家斉をなだめた。

「……むっ」

まだ一橋家にいたころから仕えている中野播磨守のなだめにも、家斉は不満げな表情を隠そうとはしなかった。

「躬より内府を将軍としたほうが、朝廷にはつごうがよいのはまちがいなかろう」

家斉が不満を口にした。

「それはたしかでございまするが、将軍の座を譲る譲らないは公方さまがお決めになることでございまする。たとえ朝廷であろうとも押しつけはできませぬ」

「前例でもあるのか」

家斉が中野播磨守に問うた。

幕府も前例、慣例にしたがって動くが、朝廷はそれ以上に厳格であった。

「室町に幕府があったころのことでございまするが、十五代将軍足利義昭《よしあき》公が、織田信長公によって京から追放され、備中鞆《びっちゅうとも》へと落ちられたときも、朝廷はなにもなさいませなんだ」

「将軍としての役目を果たせなくなった後も、そのままにしていたと」

「さようでございまする」

中野播磨守が首肯して続けた。

「幕府の重要な役目に禁城守護がございまする。幕府は朝廷を守る代わりに、征夷大将軍の地位を授けられる。その将軍が力を失っただけではなく、京から遠い西へと逃げてしまったにもかかわらず、義昭公は自ら辞されるまで追放後も十五年にわたって将軍のままであられた」

「なるほどの。朝廷は将軍職を解くことはせぬのだな」

「はい。ですから西の丸さまの内大臣ご昇任も、遠回しの要求でしかございませぬ」

納得した家斉に中野播磨守が告げた。

「敏次郎《としじろう》の手回しじゃな」

家斉が家慶を官名ではなく、幼名で呼んだ。これは、あからさまに家慶を格下として見ている証拠であった。

「おそらくは。内府さまのお気持ちを受けて、西の丸のお方さまがご実家へお願いなされたのではないかと」

中野播磨守も同意した。

将軍世継ぎ、すなわち次の将軍になる家慶の正室は、有栖川宮織仁《ありすがわのみやおりひと》親王の六女喬子《たかこ》女王である。幕府の意向で十歳にして江戸へ下向、江戸城西の丸で五年を過ごし、家慶と婚姻して御簾中《ごれんじゅう》となった。家慶との仲はよく、一男二女を産むがあいにく夭折してしまっている。

喬子の父有栖川宮織仁親王も八男十二女という子だくさんで、それぞれを大名家の正室や、有力公家の跡継ぎとしており、朝廷での発言力は五摂家《ごせっけ》をもしのいでいる。

「朝廷より、父家斉に隠居をうながしていただけまいか」

幕府のなかに家斉を制することのできる者がいないと知った家慶が、正室喬子を通じて、有栖川宮織仁親王へと頼んだ。

「征夷大将軍を罷免、あるいは辞任させた例はない」

いくら実力者の要求でも、前例のないことは叶わない。

「言外の圧力なれば……」

ただその道筋を作ることはできる。

家慶の内大臣任命は、朝廷のできる最大限の援護であった。

家斉と中野播磨守は、ここまでの事情をこう解釈していた。

「おとなしくしておればよいものを」

将軍となる前、なったばかりのころ、認められなかった家斉は、地位へ固執する性格となっていた。無理もない話である。元服したとはいえ、将軍宣下を受けるためのものであり、実際はまだ子供の家斉を、大の大人が寄ってたかって押さえつけようとしたのだ。

家斉が幕閣や大名たちを信用しようとしないのは当たり前であった。

「賛同する者もおるのだろう」

「いささかは」

ここで真実を隠そうとしないことが、中野播磨守が家斉から重用される要因の一つであった。

「三家と白河じゃな」

「会津《あいづ》と越前《えちぜん》も」

　家斉が出しただけでは足りないと、中野播磨守が加えた。

「格別の家柄ばかりだの。となれば、そちらになびく者もいよう」

「日和見《ひよりみ》は、大名の習いでございますから」

　皮肉げに嗤う家斉に、中野播磨守も口元をゆがめた。

「されど、それはすべて旗印があってのことよな」

「はい。集まる樹が折れれば、霧散するしかございませぬ」

　にやりと口の端を吊りあげる家斉に、中野播磨守が追従した。

「手配りは」

「万全に。警固も先日大幅に入れ替わったばかりで、連携などとても取れないであろう西丸書院番二番組が当たるように調整いたしました」

「松平外記のことで、頭以下を一掃したあれの後釜か。それはよいな。しかし、また一つ書院番組を潰さねばならぬの。補充が面倒なことよ。ふふふふ」

　家斉が楽しそうに笑った。

四

代参とはいえ、将軍世継ぎが江戸城を出る、これは大事であった。

「道順はわかっておるな」

「辻の確認はどうなっておる」

「道筋の家には、二階の使用厳禁を徹底させよ」

とくに町奉行所は蜂の巣をつついたような騒ぎであった。

江戸の辻は町奉行所ではなく、目付配下の黒鍬者《くろくわもの》が取りしきる。とはいえ、黒鍬者は侍身分でないため、普段はよいが、将軍家あるいはその名代が出かけるとなれば責任を負うだけの格が足りなかった。

「目付は道を知らぬ」

江戸城内の静謐を守るのが主たる役目の目付は、城下の道がどうなっているか、状態は大丈夫かなどを把握できていない。

「黒鍬以外で城下に詳しい者は……町奉行所だな」

「町家に睨みも利くだろう。民どもは放っておけばすぐに増長する。公方さまの御駕籠が見たいと二階から見下ろすくらいのことはいたしかねぬ。そのような無礼をさせぬようきつく釘を刺しておけ」

こうして御成などの下準備に町奉行所がかかわることになった。

「異状はござらぬ」

「寛永寺近隣にも不審な者の姿は認められず」

担当区域の確認をすませた同心たちが、町奉行所へ戻って報告した。

「鉄炮《てっぽう》、弓もないな」

町奉行所の筆頭与力が念を押した。

「道筋近くにある町家の屋根、庭木などは確かめてござる。ただし、寺と大名、旗本屋敷は遠目で見ただけ」

寺は寺社奉行、大名屋敷は大目付、旗本屋敷は目付の担当で、町奉行所はなかへ入ることはもちろん、一切の手出しができなかった。

「それはいい。要らぬ手出しをして、もめ事を起こさぬようにの」

町奉行所が出しゃばると、寺社奉行、大目付、目付が、管轄を侵されたと気分を害す。

「越権でござるぞ」

その苦情は町奉行所の役人ではなく、町奉行へ向かう。

「文句を言われたではないか。なにをしておる」

結果、町奉行が嫌な思いをして、筆頭与力に当たってくる。そして筆頭与力は現場で動いた同心を叱る。

「お役目を果たしただけぞ」

そうなると同心たちが不満を持つ。

「無理をすることはない」

「止《や》めておけ。こっちの責任とされるよりましだ」

仕事への熱意がなくなる。

そこまでいくと通常の任にも支障が出てくる。

「盗賊が……」

「強請集《ゆすりたか》りが店に……」

同心たちのやる気がなくなったということに、無法者はいち早く気づく。

他にも町奉行所同心の仕事はあるが、それも滞る。

「なんとかしていただけませぬか」

それによって被害を受けた商人たちが、出入りさせてもらっている老中や若年寄にすがれば、

「なにをしている」

結局また町奉行が呼び出され、筆頭与力が叱られる。

「範疇《はんちゅう》だけはしっかりとな」

他のところまで気を回さないことこそ無事の極意だと、町奉行所の役人は知っていた。

「明日は、南北両方から与力と同心を出すことになる。今日は酒など呑まずに、早く休め。朝が早いぞ」

筆頭与力が締めくくった。

江戸の城下は広大である。人の数は百万人をこえる。

それだけではない。人の入れ替わりも激しい。

まず、参勤交代が一年ごとにあり、三百諸侯の半分が藩士を連れて帰国し、残り半分が藩士を連れて出府してくる。

次に、国元で喰えなくなった者が、天下の城下町江戸ならばなんとかなるだろうと流れこんでくる。実際、将軍のお膝元として百万の人を抱える江戸は、毎日拡張を続けている。幕府主導で深川《ふかがわ》の開拓も続けられ、人手は絶えず募集されていた。

一方で、江戸で夢に破れる者も出た。

「俺ほどの腕ならば、すぐにでも仕事が山のように舞いこむはず」

国元で少し褒められたていどで、天下に通用すると思いこんだ職人や、

「思惑が外れてしまった」

値上がりすると踏んで借財してまで買いあさった物品が値下がりしてしまい、大損をした商人や、

「年季は明けたけれど……」

いろいろな事情で悪所に身を沈めていたが世間の白い目に耐えかねた女などが、誰も己のことを知らない土地へと出ていく。

なにより、罪を犯し、町奉行所に追われる身となった者が、江戸から逃げる。

人の出入りが激しい。

これは功罪のあることであった。

功績は、余所者《よそもの》を排除しようとしないことだ。先祖代々江戸で生まれ育った者よりも流れてきた者の子孫が多い。余計なことでの軋轢が起こりにくい。

罪は、闇が大きくなるということであった。なんでもかんでも受け入れてしまうために、まともでない者、江戸へ出てきてから堕《お》ちた者にも居場所ができた。

そして闇ほど懐が広い。

借財で身を売るしかなくなった女、博打《ばくち》好きで正業を潰してしまった道楽者、仕官の夢破れた浪人、これらを食いものにする無頼。

江戸の闇は大きく、そしてどこにもあった。

「手は集まったか」

本所《ほんじょ》を牛耳る親分が、手下に問うた。

「へい」

身形《みなり》の綺麗な手下が首を縦に振った。

「どれくらいだ」

「二十人ほどで」

数を確認した親分に手下が答えた。

「少し少ねえな。できれば五十、少なくとも三十は欲しい」

親分が眉をひそめた。

「無理で」

短く手下が否定した。

「金さえ積めば、いくらでも人は集まるだろう」

親分が怪訝な顔をした。

「死ぬとわかっていて、金で動きやすか。死んだらどれほどの金があろうとも使えやせん。いいや、その前に金を受け取れねえ」

「…………」

ちらっと顔を見てくる手下から、親分が目を逸らした。

「襲う相手が誰かを言わねば……」

「いざ襲うというときになって逃げられるだけですぜ」

「むう」

親分がうなった。

「失礼でござんすがね、どうしてこんな依頼をお受けになったんでござんすか」

手下が不思議だと尋ねた。

「あの御仁のおかげで、おいらの縄張りに手入れは入らないのさ」

「それほどのお方とは思えやせんが」

親分の言葉に手下が首をかしげた。

「たしかにお大名でもねえし、町奉行でもねえ。もとは八百石のお旗本だ。今は増えて二千石になっているが」

「それくらいのお旗本なんぞ、掃いて捨てるほどいやすがね」

手下が一層戸惑った。

「公方さまの腹心は、あの御仁だけだ」

「その割に少なくありやせんか、二千石は。田沼さまは六万石、柳沢さまは十五万石でしたぜ」

手下はまだ納得していなかった。

九代将軍家重、十代将軍家治の寵愛深く、六百石から六万石の大名にまで引き立てられた田沼主殿頭意次のことは、江戸の者ならば誰もが知っていた。

「そこがあの御仁の怖ろしいところよ。田沼さまのような末路をたどりたくないらしい」

「立身出世よりも安全でやすか」

　男ならば、誰でも野望はある。それに手の届くところにいながら、あえて捨て去るなど、あり得ないと手下が驚いた。

「それに、あの御仁のもとには、毎日千両箱が積みあがっている」

「ま、毎日」

　親分の話に手下が絶句した。

　一日に千両動くところが三カ所、江戸にはある。

　一つが日本橋の呉服問屋越後屋《えちごや》で、次が日本橋の魚河岸、最後は吉原遊郭であった。どれも出入りする人の数が一日で数百に及ぼうという繁華なところである。

「そんなに人が」

「おめえ、比べるところを間違ってねえか」

　親分があきれた。

「いいか、数を集めなきゃ千両に届かないところと一緒にするねえ。あの御仁のもとへ金を持ちこむ連中は、それこそ越後屋と肩を並べるほどの豪商か、お大名さまよ。さすがに一人で千両はないだろうが、五人もいれば届くさ」

「それだけの金が……」

「そりゃあ、出すわな。あの御仁に頼めば、次の日には公方さまのお耳に入るんだぞ」

目を大きくする手下に、親分が述べた。

「公方さまがうなずかれたら、それで決まりだろう。早いわな。通常だと、普請なら普請奉行さま、大奥出入りのことならば、お広敷用人《ひろしきようにん》さまと、それぞれのお役人をまず納得させて、ご老中さまへと話を持ちこんでもらう。十日やそこらでどうにかなるものでもない。しかも間に入る者が一人増えるたびに、また金が要る。そこまでしてもかならず思うようになるとは限らねえ」

「そいつは凄い」

ようやく手下が首肯した。

「そんなお偉い御仁とおいらが知り合えた。あの別宅のおかげよ」

襖越しに親分が、遠くを見るようにした。

「本所にこんな豪勢な屋敷が建てられるとなれば、大工の棟梁《とうりょう》が挨拶に来るのは当たり前」

地元の顔役に挨拶をしておかないと、どのような邪魔が入るかわからない。少し世間を知っている大工の親方は、かならず地元を牛耳る顔役のもとへ酒樽《さかだる》と挨拶の金を贈る。

「人足を少し入れさせてもらうぜ」

「もちろんでさ」

顔役も普請のおこぼれに与《あず》からんと人の手配などで食いこもうとし、大工の棟梁もそれを受け入れる。こうすることで、跳ねっ返りが小遣い稼ぎに普請場を荒らそうとするのを防げる。

そうやって親分が食いこんだ屋敷が、中野播磨守の別邸であった。

敷地の広さこそ目立たぬようにと遠慮しているが、ひとたびその門を潜れば、そのへんの屋敷など相手にもならない贅沢な造りであった。

総檜《そうひのき》であることはもちろん、能舞台、茶室、観月楼、名人の手になる庭園、泉水などなど、それこそ数万石ていどの大名ではとても維持できない豪勢な屋敷であった。

その普請の最中、見事だと噂の屋敷を興味本位で見物にいった親分が、偶然中野播磨守と出会った。

「いい石がないと」

「へい。あちこち手配はしたのでございますが、これだけの庭に置くものとなるとなかなか入手できませず」

中野播磨守は庭師と造園の打ち合わせをしていた。

「だが、ここに石がなければ、庭がまとまらぬ」

「仰せのとおりでございますが……」

造園を担当する庭師の親方が困惑した。

「石なら……」

耳に入った内容に思わず親分は口を出した。

「どこにある」

誰何もせずに中野播磨守が訊いてきた。

「海側の埋め立ての杭《くい》置き場に大きな石が」

「長《ちょう》兵《べ》衛《え》」

「見てきやす」

親分の答えに、中野播磨守がすぐに庭師の親方へ指示を出した。

「で、そなたは何者じゃ」

庭師の親方がいなくなったところで、ようやく中野播磨守が親分に問いかけた。

「本所で人入れを営んでおります瓦《かわら》屋《や》源造《げんぞう》と申します」

「人入れ……」

「こちらさまへ人足を入れさせていただいておりやす」

首をかしげる中野播磨守に瓦屋源造が答えた。

「……ふむ。そなた本業は」

じっと瓦屋源造を見た中野播磨守が口の端を吊りあげた。

「この辺の世話役で」

正体を見抜いたうえ、避けようとも遠ざけようともしない中野播磨守に、瓦屋源造がすなおに頭を垂れた。

「博打打ちか」

「それもいたしておりまする」

博打は御法度だが、瓦屋源造は否定しなかった。

「そなたの縄張りは」

「本所の全部とは申しませんが……」

「ふむ。吾が屋敷の周辺はどうじゃ」

「こちらさま以外は」

本所にある武家屋敷は、御家人、小旗本、大名の下屋敷といったあたりである。この辺は町奉行所の手が入らないとわかっているので、博打場として瓦屋源造は利用していた。

「ほう。なかなかに使えるな」

にやりと中野播磨守が笑った。

「そなた、余の手伝いをいたせ」

「お手伝いをでございますか」

瓦屋源造が目を見張った。

「当座はなにもせずともよい。要りようになったときに、こちらから声をかける」

中野播磨守が命じるように言った。

「……」

「ふふふ、心配するな。誰もただ働きをしろとは言わぬわ」

不足そうに黙る瓦屋源造に、中野播磨守が楽しげな声をあげた。

「そいつはどうも」

まだ不審そうな表情で瓦屋源造が首をすくめるようにした。

「金は出さぬ。余から金が出ているなどと知れるのはまずいのでな」

「では、なにをいただけるんで」

金を出す気はないという中野播磨守に、瓦屋源造があきれた口調で訊いた。

「そなたの縄張りを守ってやろう」

「はあ」

中野播磨守の発言に瓦屋源造が啞然とした。

「守ってやると申しておる」

「……ご冗談は御免こうむりましょう」

瓦屋源造が遠慮をなくした。

「失礼でござんすが、殿さまは剣術の達人とは思えやせんが」

「達人とは言わぬが、遣えるぞ。これでも番方だからの」

「そいつはおみそれをいたしやした」

「構わぬよ。剣術が得意だと言ったところで、どうせ、畳の上の水練じゃ。いざとなれば役には立たぬ」

「…………」

苦笑する中野播磨守に瓦屋源造が困惑した。

「守るのは、町奉行からよ」

「……それは手入れをさせないと」

すぐに瓦屋源造は中野播磨守の真意に気づいた。

「町奉行に話をしておこう。なに南北のどちらにも貸しがあるからの。ただし、あまり派手にしてくれるなよ。町奉行所にも面目というのがある」

「それは心得ておりやす」

いくら権力者から頼まれたとしても、限界はある。やりすぎは己の身を滅ぼす。なにより、この贅沢で豪奢な屋敷を見たときから、瓦屋源造は中野播磨守を敵に回す気はなくなっていた。

「ああ、屋敷のことを任せてよいか。中間、小者は手配できるな」

「もちろんでございますが、そのような怖れがございますので」

頼まれた瓦屋源造が口調をもとに戻した。

「力は持つにこしたことはないが、敵も増えるでな」

中野播磨守の足を引っ張るために動く者が、別邸になにかしてくるかも知れないという危惧を口にした。

「お任せを。妙な者が本所へ入れば、すぐに気づきやす」

瓦屋源造がうなずいた。

「では、それでよろしくな」

中野播磨守が手を叩いた。

「……そういうことでな、おいらはあの御仁に失望されたくないのよ」

「わかりやした。もう少し探してみましょう」

親分の想いを聞いた手下が腰をあげた。

第五章　盾の意味

一

将軍の外出は御成といい、それこそ江戸の町をあげての行事になる。

寛永寺や増上寺など主な御成で通る道は決められており、御成道と呼ばれて整備もなされているが、寵愛する家臣の屋敷だとか、あらたに帰依した僧侶の寺院だとかへの、初めての御成の場合は大事になった。

「見苦しい建物は壊せ」

将軍が城下町を見る。そのときに崩れかけていたり、無理な増築で二階や三階が不安定な家は、有無を言わさず潰された。

落ちてくれば、大騒ぎになる。

大火の経験から江戸の家屋敷は瓦屋根に統一されている。その瓦が御成の最中に
「屋根瓦を落とすな」

「遠島に処す」

たとえ将軍の駕籠に当たらなくても咎めを受けた。さすがに死罪はないが、よくて江戸十里四方追放、悪ければ遠島になる。

もっともこれは町民の場合であり、武家屋敷となると話はもっと大きくなった。

「公方さまのお命を狙った」

謀反と同罪と取られる。

「家老が責任を取って切腹いたしましてございまする」

幕府から詰問使が来るまでに対応できればいい。

「隠居いたしまする」

もちろん当主も無傷とはいかなかった。

それでも藩は無事ですんだ。

もし、ここで対応をまちがえれば、幕府は厳しい対処を取った。

「領地を半減し、奥州へ転じる」

大名は石高を減らされるだけでなく、表高の半分もないところへ追いやられる。

「お気に召さぬことあり。放逐する」

旗本はさらに厳しい処罰になった。

「見落としはないな」

「大工を呼んで瓦を固定させよ」

御成の道筋にあたる武家屋敷は、まさに戦場に近い騒ぎになる。

「お茶をご所望になられるやも知れぬ。用意を」

昔、御成の途中で喉が渇いたと、将軍が目に付いた屋敷で休息を取ることがあった。

「よき茶であった」

「馳走になったの」

そのときの接待をうまくこなせると、

「茶代じゃ」

将軍愛用の品を拝領できたり、

「側用人を務めよ」

「小姓に任じる」

思わぬ出世を得ることができた。

とはいえ、これらはすべて将軍御成の場合であって、世子による代参は違った。

とくに家慶は世子とはいえ、一人息子というわけではなく、他にも世継ぎ候補はいる。そのうえじつの父親である、十一代将軍家斉と不仲だと知られている。

「公方さまのご機嫌を損ねては困る」

まず接待を求められないように、固く門扉を閉ざす。

「屋敷の確認を怠るな」

いかに代参の家慶とはいえ、壁が崩れたり瓦が落ちたりはまずいが、家斉のときに比べれば気楽であった。

「塀は大丈夫だね」

御成筋に面している小間物屋紅白屋《こうはくや》太一郎《たいちろう》が、番頭《ばんとう》に念を押した。

「へい。昨日、大工の棟梁に見てもらいました」

番頭が首肯した。

御成の当日は店を開けてはならない。まあ、開けたところで客が来ることはない。

「二階の目張りは大丈夫だね」

「さきほど伊之助《いのすけ》に確かめさせました」

次の確認にも番頭が応じた。

「見廻りはどうなっている」

「幸蔵《こうぞう》と弥一《やいち》を朝からいかせております」

主の問いに番頭が答えた。

「長屋の連中には言い聞かせておくように」

紅白屋ほどの大店《おおだな》になると、本業以外に貸し長屋の運営もしている。その長屋の店子《たなこ》たちに騒がないよう注意をしておくのも、大家の仕事であった。

「含めております」

ちゃんと指示していると番頭が胸を張った。

「結構だね」

「旦那さま……」

満足そうにうなずいた紅白屋太一郎のもとへ、顔色を変えた手代が駆け寄ってきた。

「弥一じゃないか。どうかしたのかい」

紅白屋太一郎が長屋の見廻りに出た手代の様子に目を見張った。

「寺裏の長屋、あそこにいた、浪人たちの姿が見えません」

「なんだとっ」

弥一の報告に紅白屋太一郎が眉をひそめた。

「夜逃げか……」

その日暮らしの者が多い長屋では、溜めた家賃を払えずに逃げていく者はあとを絶たなかった。

「戸締まりはしてあったのか」

「いえ、閂《かんぬき》もなにもかけられておらず、戸障子は開け放たれておりました」

冬ならば戸障子がなければ、赤城山《あかぎやま》から吹き付ける風でたまらないが、今は夏の六月である。戸障子のないほうが、風が入って過ごしやすいくらいであった。

「それはいつものことだが」

紅白屋太一郎が首をかしげた。

「他の連中に訊いてみたか」

長屋には浪人以外にも職人や、通いの奉公人などがいた。

「それが、誰も知らないと」

「木戸番《きどばん》もかい」

「はい」

確かめた紅白屋太一郎に、弥一が首を縦に振った。

「なにをしているんだい」

長屋の住人からの報せがなかったことに、紅白屋太一郎が不満な様子を見せた。

木戸とは、長屋への入り口にある門のことで、夜になれば閉め、夜明けになると開く。それを担うのが木戸番の役目であった。他にも木戸番は、見慣れない者が長屋へ入ってくるのを見張るのも仕事のうちであった。

「見慣れない顔だな。どこへ何しに来た」

木戸番は長屋に出入りする者に誰何をする。と同時に出て行く者も見張っていた。

その代わり、家賃は半額になる。

「急ぎの仕事がはいったとかで、おろそかに」

「ちっ、役に立たないね」

長屋の木戸番はずっといなければならないので、居職《いじょく》であることが条件となっている。紅白屋の長屋の木戸番も小間物の職人であった。

「いかがいたしますか。親分さんにお報せをいたしたほうが」

「……いや、止《や》めておこう。親分に報せれば、町方にも聞こえる」

御用聞きには金を渡しているが、その親分に十手を預けている町奉行所の同心に対しては、口封じできなかった。隠していたとわかれば、十手を取りあげられるからであった。

「よろしいんで」

「いいかい、あの長屋にいた浪人たちは、三日前に出ていった。そういうことにするからね。いいね、弥一」

「……へい」

主に釘を刺された手代は従うしかなかった。

それと同じような遣り取りが、本所や向島《むこうじま》でもおこなわれていたが、どこも届け出ることはなかった。

代参の日は晴れた。

「二番組、お供仕りまする」

「頼んだ」

江戸城本丸玄関式台に現れた家慶が、西丸書院番二番組番頭岩村周防守の挨拶にうなずいて、駕籠へと身を入れた。

「周防守どの」

「承った」

西の小姓組四番組の頭を務め、今回の代参にも付きそう水野左衛門尉《さえもんのじょう》が組内の士を率いて駕籠脇を固めた。

小姓番は書院番と並んで旗本の名門から選ばれた。本丸に六組以上、西の丸に四組が配され、城内での警固を担う。

世子外出の際は、警固を書院番に預け、小姓番は家慶の身の回りのことを担当する。

今回は頭と家慶お気に入りの小姓番三人、合わせて四人が参加した。

「お発《た》ちである」

小姓番とのやりとりを終えた水野左衛門尉が出立を宣した。

「ええい」

家慶の駕籠を担ぐ陸尺《ろくしゃく》が気合いの声とともに足を前へと進め始めた。

門前で膝を突く甲賀組《こうがぐみ》与力、本丸書院番士などを横目に、行列は大手門を潜った。

「………」

不浄職ということで城内への立ち入りを許可されていない町奉行所の与力が、そこから行列に加わる。

「大番組は要るまい。江戸は大事ない」

本来なら行列の供先を警固する大番組は、家斉の指示によって家慶の外出には加わらなくなっている。

それでも書院番が一組、番士五十名と与力十騎、同心二十人が周囲を固めている。

もっともお目見えでないということで、与力、同心は行列から少し離れた供先、後ろで警戒をしていた。

「……うっ」

志真佑は、行列のほぼ先頭で吐きそうなほど緊張していた。

いつもなら声をかけてくれる戸尾右門は、かなりの先達なので駕籠近くに配されており、話もできない。

「…………」

また周りも、家慶の警固という重要な任務に、新参へ助言する余裕はなくなっている。

「なにも起こらぬ。なにも起こらぬ」

口のなかで念仏のように唱えながら、志真佑は必死で落ち着こうとしていた。

御成行列でも、見ないように平伏《ひれふ》して頭を下げなくていい。ただ、御成行列が通り過ぎるまで、その場で動かずにじっとしていれば叱られることはなかった。

といったところで、これは町人だけであり、旗本は片膝を突いて頭を垂れなければならない。大名も同じように、乗物から降りて敬意を表さなければならないが、御成や代参は少し前に触れが出されることもあり、出歩いている旗本、大名たちはまずいなかった。

「内大臣さま」

なかには、わざと御成筋に出向いて、片膝を突いて駕籠を上目遣いに窺《うかが》う者もいた。そのほとんどが小普請に属する無役の旗本であった。

「わざわざ、見送りに来るとは愛《う》い奴じゃ」

駕籠の御簾《みす》越しにその旗本を見つけた将軍あるいは世子が気に留めて、

「あやつを召し出しておけ」

呼び出してくれるのを期待しているのである。

「うらやましい」

「なんと誇らしげな」

そういった無役の旗本からすれば、書院番士はあこがれであった。

「若い」

「なぜ拙者ではない」

だが、称賛ばかりとはいかなかった。

妬みや嫉《そね》みの目もあった。

見られている志真佑の顔が引きつった。

二

江戸城大手門を出た行列は東北へと歩を進め、お茶《ちゃ》の水《みず》、湯島、下谷《したや》広小路《ひろこうじ》を経て寛永寺へと向かう。

「片付けはできているな」

町奉行所の臨時廻り同心が、湯島から下谷広小路へと向かいつつ独りごちた。

下谷広小路は明暦《めいれき》の火事を経験した幕府が、将軍家祈願所である寛永寺を火事の類焼から守るために作った火除地《ひよけち》である。火除地であるため、常設の建物は許されておらず、普段は寛永寺見物に来る遊客を相手にする芝居小屋、見世物小屋、茶くみ女を置く茶屋などがひしめいていた。

それらの小屋や茶屋が一切なくなっていた。

「見苦しい」

「お気障りになりかねぬ」

将軍あるいは代参が寛永寺へ向かうとき、幕府は広小路を本来の姿に戻す。

いつもならば、少し歩くだけでも他人と肩が触れあうほど賑わっている広小路が、それこそ猫の子一匹いない状態になる。

なっているはずであった。

「……なっ」

同心が、池之端《いけのはた》へ向かう辻から、ぞろぞろと浪人が湧いて出てくるのに驚いた。

「誰もいなかったはずだ」

建物が撤去された後も、繰り返し、人を替えて確認させている。代参が終わっても今日一日は他人気《ひとけ》がなく、明日の早朝から小屋や茶屋が再建されて、昼過ぎには賑やかな日常に戻る。

いつも繰り返されている光景に、墨が撒かれたような状況で、同心が一瞬呆然となった。

「……ならぬ」

すぐに気を取りなおした同心が、供の御用聞きを連れて浪人たちへ近づいた。

「なにをしておる」

浪人は武士にあらず。町奉行所は浪人を取り締まる権を持つ。

同心が険しい声で誰何した。

「歩いておる」

浪人の一人が真剣な顔で答えた。

「なにを……本日ここは立ち入ってはならぬ場所である。ただちに去れ」

返答への対応に一瞬悩んだ同心だったが、すぐに手を振って退散を命じた。

「立ち入りを禁じる高札はござらぬが……」

「ご代参じゃ」

首をかしげる浪人に、同心が告げた。

「ほう、それは知らなんだ」

「わかったならば、さっさと離れよ。まもなくお行列が来る」

「そうか。まもなくか」

浪人が目を閉じた。

「長かった……」

「……なんだ」

浪人の口から漏れた感慨に、同心が怪訝な顔をした。

「三代かかったわ」

「なにを言っている」

意味のわからない発言を続ける浪人に、同心の腰が引けた。

「始めるとしようか」

「おう」

「待ちくたびれたわ」

浪人が後ろに続く同志たちを振り返り、皆がうなずいた。

「母が死んだ」

「妹を吉原へ沈めた」

浪人たちが動機を口にした。

「家族を失いつつも生き恥を晒してきたのは、いつか家を再興するため」

「藩のためと言われて……身を退いた」

「いつか呼び戻すという家老の言葉を信じて……」

次々と浪人たちが辻から姿を現した。

「な、なっ」

同心が恐怖した。

「だ、旦那……」

御用聞きが震えて、同心にすがった。

「寄れ、寄れ」

遠くから行列の供先が出す触れ声が聞こえてきた。

「英田氏《あいだうじ》」

「ああ、お見えのようだな」

呼ばれた最初の浪人が首肯した。

「まさか……」

同心が蒼白になった。

「ご一同、よろしいかの」

「おうよ」

「未練はござらぬか」

「ない」

英田の言葉に浪人たちが返した。

「では、参ろうか」

淡々とした態度で英田が太刀を抜いた。

「待て、待て。馬鹿なまねはよせ」

同心があわてて制止しようとした。

「員数外の者を斬って、太刀に血脂《ちあぶら》が付くのはよろしくないの。熊崎《くまざき》氏」

「任された」

英田に熊崎と呼ばれた大柄な浪人が、同心へ近づいた。

「なにをする。御上に逆らうか」

十手を振りかざして同心が威圧した。

「御上を怖れるくらいならば、ここにはおらぬ」

にやりと嗤った熊崎が、地を蹴った。

「ぐっ」

「あっ、旦那……げう」

熊崎の当て身が同心と御用聞きを沈めた。

「これでよいか」

「お見事でござった」

英田が称賛した。

「供先が見えた」

同心たちを気にすることなく、寛永寺のほうを見ていた浪人が声をあげた。

「…………」

無言で浪人たちが動き出した。

志真佑もようやく慣れて緊張がほぐれてきた。

「ようは、他所見《よそみ》をせず、前を向いて、周りに合わせて歩けばいい」

警固も形だけになっている。実際に御成や代参の行列が襲われたなどと、志真佑も聞いたことはなかった。

「見えた」

目の先に立派な伽藍《がらん》が見えてきた。

寛永寺は三代将軍家光が、師僧天海《てんかい》大僧正のために建立したものである。徳川家の菩提寺《ぼだいじ》は、すでに家康が増上寺に決めていたため、祈願寺という形を取った。

寺域三十万坪余、寺領一万一千七百九十石、子院は三十六を数える。全国から集まってきた学僧は千人をこえるとされ、まさに天下第一の名にふさわしい大寺院であった。

「躬の葬儀は寛永寺で執りおこなうように」

本来徳川家の位牌を預からず、その帰依だけを受けるはずだった寛永寺の立場を変えたのは家光であった。将軍継承を巡って強く対立した父二代将軍秀忠と同じ増上寺で眠ることをよしとしなかった家光が、位牌を寛永寺に預けた。もっとも家光は崇拝する祖父家康の近くで葬られたいと日光輪王寺《にっこうりんのうじ》へ埋葬されたので、遺骸のない空位牌であったが、これが前例になった。

「父に倣う」

家光が将軍になれなかったら、己たちも一門で終わったと祖父秀忠を恨んだ四代将軍家綱、五代将軍綱吉が、増上寺ではなく寛永寺を選んだ。

これで寛永寺は増上寺と並んで徳川家の菩提寺となった。

その後は増上寺と将軍位牌の取り合いを繰り広げ、八代将軍吉宗、十代将軍家治を加え四人が眠っている。増上寺に墓があるのは、二代将軍秀忠、六代将軍家宣、七代将軍家継《いえつぐ》、九代将軍家重の四人。まったくの互角であった。

「これで少し休める」

将軍出先の警固をする書院番とはいえ、全員が、法要のおこなわれる本堂内へ立ち入ることはできなかった。

今回の代参では、小姓組番頭とお気に入りの小姓番、そして書院番からは頭の岩村周防守と古参の者が四名ほどと、本堂に入る者は少なく、それ以外の書院番士は寛永寺の境内で警固と見張りに立つ。とはいえ、世子や直属の上司の目がないだけに気楽ではあった。

「何者か」

油断しているところに、誰何の声が大きく響いた。

「なっ」

志真佑は不意の大声に固まってしまった。

「内大臣さまの行列と知っての狼藉か」

最前列にいた書院番士が迫り来る浪人たちに問うた。

「……………」

浪人たちは無言で間合いを詰めてきた。

「無礼をなすな」

「どうした」

書院番士たちが、なんとか浪人たちを制止しようとした。

「邪魔ぞ」

真っ先に駆けてきた浪人が抜き放っていた太刀を、書院番士へ叩きつけた。

「ぐわっ」

裃の上からの衝撃に書院番士が苦鳴をあげて崩れた。

「伊《い》藤《とう》」

並んでいた書院番士が倒れた同僚に目を向けた。

「目を敵から離すとは……」

続いていた浪人があきれたふうに、呆然としている書院番士に斬りかかった。

「わああ」

抜き合わすこともできず、もう一人の書院番士も倒れた。

「たいしたことはないぞ」

「ああ」

書院番士二人を地に這《は》わせた浪人たちが口の端を吊りあげた。

「佐多《さた》、杵築《きつき》、手を止めるな」

英田が二人に注意した。

「おうよ」

「任せよ」

二人が勢いを増して、行列の中心へと足を進めた。

「な、なんだ」

「これは……」

いきなりのことに書院番士たちが動きを止めた。

「かかしか、こやつらは」

嗤いながら、佐多と呼ばれた浪人が太刀を振りあげた。

「なにをしておる、応戦せんか」

書院番頭の岩村周防守が叫んだ。

「あっ」

「そうじゃ」

急いで書院番士たちが太刀を抜いた。

「遅いわ」

杵築が上からのしかかるように、太刀を落とした。

「なんの」

家柄で選ばれることが多いとはいえ、一応は番方である。なんとか書院番士が一撃を受け止めた。

「こやつっ」

防がれたことに杵築が舌打ちをした。

「おうりゃあ」

佐多は大きな気合いとともに太刀を薙《な》いだ。

「これくらい」

薙ぎは威力はあるものの動きが大きすぎ、太刀筋を見極めやすい。斬りつけられた書院番士が太刀を脇に垂らすように倒して受けた。

「……これくらい」

そのまま押し切ろうと佐多が力を入れたが、一度止まった勢いは戻ってこない。

佐多と書院番士は鍔迫《つばぜ》り合《あ》いとは言い難い接近戦に入った。

「えっ、えっ」

少し離れていた志真佑は、まだ事態を完全に把握していなかった。取りあえず、刀は鞘から抜いてかまえているが、最初の位置から一歩も動いていなかった。

「内大臣さまの御駕籠を守れ」

西丸小姓組番頭の水野左衛門尉がわめくように指示を出した。

「……そ、そうじゃ」

先日戸尾右門に言われたことを、水野左衛門尉の大音声《だいおんじょう》で志真佑はようやく思いだした。

「御駕籠へ」

志真佑は闘争の場から離れるようにして、家慶の駕籠へと近づいた。

「北条」

太刀を下げたまま近づく志真佑に戸尾右門が気づいた。

「御駕籠を背にせよ。切っ先を向けることはあいならん」

「はっ」

戸尾右門に言われて、志真佑が顔色を変えた。

主君を守るためだからといって、刀を向けるのは謀反と取られても当然の行為になる。

「報せが城へ走っておるはずじゃ。それが戻るまで御駕籠を守れ。世子さまをお守りすることこそ、西丸書院番の誉れであるぞ」

岩村周防守が駕籠脇を固める書院番士たちを鼓舞した。

「周防」

そこへ駕籠の引き戸が開いて家慶が顔を出した。

「内大臣さま」

岩村周防守が片膝を突いた。

「礼は不要じゃ」

家慶が首を左右に振った。

「一同、見ておるぞ」

「かたじけなし」

それぞれの働きは見逃さないと宣する家慶に、岩村周防守が感動した。

「聞いたな。重代の恩に報いるのは今ぞ」

「おおお」

書院番士たちが気合いの声をあげた。

「やってやる」

志真佑の気分も高揚した。

三

防備を固めた書院番士に、浪人たちが目つきをいっそう危ないものへと変えた。

「主君の馬前というやつか」

「武士の本懐だの」

浪人たちが顔をゆがめた。

「ならば、無残に散らしてくれよう」

「ああ」

「御前での討ち死には、まさに誉れよな」

嫉妬の籠もった声は書院番士たちの耳に届いた。

「なにを言っている」

志真佑は困惑した。

浪人は主君を持たぬものである。

「やあ」

走ってきた浪人と、家慶の駕籠を取り囲む書院番士の円陣の外側がぶつかった。

「死ね」

「黙れっ」

浪人と書院番士が斬り結んだ。

「畏れ入れ、世子さまであるぞ」

「浪人に畏れるものなどなに一つないわ」

書院番士が浪人を言葉でやりこめようとして、反駁《はんばく》された。

「がはっ」

襲われたことで、気持ちの余裕をなくしている書院番の側が不利であった。

首筋を打たれた書院番士が倒れた。

「円陣に穴を空けるな」

岩村周防守がすぐに命じたが、

「こやつっ」

「おのれはっ」

それぞれが浪人と遣り合っており、対応が遅れた。

「まずい」

内側にいた志真佑は離れるなとの指図を忘れて、その穴へ入りこんだ。

「よせ、よせ、まだ若いのだ。死ぬことはない。我らはそこな駕籠の主を討つだけでいい」

できた隙間に入りこもうとしていた英田が志真佑を見て、諭すように言った。

「…………」

初めての真剣での、命の遣り取りなのだ。志真佑に声を返す余裕はない。

「死んではなんにもならぬぞ」

英田がもう一度忠告した。

「吾は、吾は、旗本である」

志真佑は心を引き締めて英田の勧めを拒否した。ここで命惜しさに逃げ出せば、志真佑は終わる。

「武士の風上にも置けぬ」

「忘恩の徒め」

松平外記のことで家を潰され放逐された神尾五郎三郎のほうがましだと思えるほど最大級の侮蔑を受け、

「腹を切れ」

責任を取れと一門から迫られて、死ぬことになった。

たとえ、この場から逃げられたとしても、北条の家は潰され、志真佑は目付から生涯狙われる身になる。それこそ、譜代ではない大名の領地へ隠れたとしても、生涯追っ手の恐怖にかられ、仕官などはもちろん、まともに働くこともできなくなる。

「そうか。ならばいたしかたなし」

小さく英田が嘆息した。

「せめて一撃で仕留めてくれよう」

英田が太刀を握り直した。

「…………」

志真佑も腰を落とした。

「下がれぬ、下がれぬ」

後ろは家慶の駕籠である。志真佑が下がれば、家慶が襲われる。

志真佑は己に言い聞かせるように呟いた。

「武士とはやっかいなものよな」

迫りながら英田が話しかけた。

「…………」

それに志真佑は応じなかった。口を開くことで気が抜けるのを嫌がったのだ。

「なにもなければ、先祖の功で生涯、いいや、子々孫々まで生きていける」

英田がしゃべりながら太刀を上段にかまえた。

「先祖がどれだけ英邁、勇猛であったかばかりが問われ、本人の能力は気にされぬ。生まれですべてが決まる。それが武士」

「来るっ」

英田の話を聞いてはいなかったが、その顔から目を離せなくなっていたことが志真佑を救った。

「むっ」

息を詰めるような気合いで英田が振った一刀を、志真佑は受け止められた。

「ええい」

相手の太刀を止めたと感じた瞬間、志真佑は長年の修練のくせではじき返した。

「……ほう」

力強い反撃に英田が半歩引いた。

「なあ、旗本どのよ」

英田が、志真佑に真剣な眼差しを向けた。

「なんだ、不逞《ふてい》の輩」

やり返せたことで、少し志真佑に余裕ができた。

互いに名乗りもしない。反逆して襲っているほうが名乗ることはないし、防戦している志真佑にしても戦場での一騎討ちではなく、姓名を明らかにする意味はなかった。

「飢え死ぬ恐怖を知っているか。凍え死ぬ恐怖を存じているか」

「………」

志真佑は返答できなかった。

「知るまいなあ。幕府の者は誰一人我ら浪人のことなど考えておらぬ」

英田が力のない笑いを浮かべた。

「明日が来ると言い切れぬ日々……もう疲れ果てた」

「ああ。朝目が覚めたら、今日も生きねばならぬと思うのにもあきた」

近くで戦っていた別の浪人が、英田の嘆きに合わせた。

「それで。お代参の行列を……」

旗本にとって、将軍、そして世子ら一門は冒してはならない、まさに神なのだ。その命を狙うなど論外である。

やはり浪人と遣り合っていた戸尾右門が息を呑んだ。

「死出の道づれにこれ以上の相手はおるまい」

「将軍でなく世子なのがいささか不満ではあるが、贅沢を言ってもしかたない」

「や、止めよ。許されざる行為ぞ」

うそ寒い浪人たちの雰囲気に、岩村周防守が震えた。

「死ににきているのだぞ。なにを怖れることがある」

英田が首をかしげた。

「終わった後のことは考えていないのか。御上は許さぬぞ。九族まで探し出して、老幼関係なく磔《はりつけ》獄門《ごくもん》だぞ」

「係累などおらぬ」

「遠縁はあるが、吾が苦労したときに手を差し伸べてもくれなんだ。そんな連中のことなどどうでもよいわ」

浪人たちが口々に述べた。

「……………」

平然と言い返す浪人たちに、岩村周防守が唖然となった。

「なぜ、世子さまを、内大臣さまを狙う」

戸尾右門が問うた。

「浪人を生み出したのが徳川だからよ」

熊崎が感情のない声で応じた。

「主家を潰されたのか。それはその主家に問題があったからであろう」

岩村周防守が責任はそちらにあると言い返した。

「潰さずともよかろう。主が領主たりえねば、そやつを排除し、一門なりを新たに据えればいい。そうすれば、家臣は路頭に迷わぬ」

「藩主を支えきれなかった家臣にも問題はあろう」

「できるか、諫言が。おぬしはしたのか」

岩村周防守の言いぶんに英田があきれた。

「むっ……」

言われた岩村周防守が言葉に詰まった。

主君のまちがいを正すために、唯一家臣ができるのが諫言であった。

生殺与奪の権を握る主君を諫《いさ》めるのは、かなりの覚悟が要る。それこそ「気に染まぬ」「顔も見たくないわ」と放逐されることもある。今の身分を失う怖れを多分に含んでいるのが諫言であった。

「わかったか。家臣に罪はない。その罪なき者を幕府は咎めた」

「………」

岩村周防守を含めた書院番の誰もが黙った。

「浪人になる。これがどういうことか、わかっていないのだ、おまえたちは。いや、我らも同じよ。武士として明日も同じ日が続くと思いこんでいた。まあ、今回の仲間のなかには、三代にわたる浪人という由緒正しいのもおるがの」

うつろな笑いを英田が浮かべた。

「浪人になるというのは、武士として死ぬことである。それに気づくまで、どこかに仕官できまいかと足掻《あが》いたわ。まったく無駄であったな」

英田が苦笑した。

「それは、そなたが仕官できるほどの人物ではないだけであろうが」

岩村周防守が英田を貶めようとした。

「たしかにな。剣の腕はそれなりだが、勘定なんぞなにもわからん」

あっさりと英田がそれを認めた。

「だがな。浪人が仕官できない原因は、そこではない」

「どこだと」

興味を持った志真佑が思わず尋ねた。

「世が泰平だからよ」

「へっ……」

「なにを」

志真佑も戸尾右門も怪訝な顔をした。

「武士とはなんだ。武士の仕事は、戦うことであろう。戦場で刀槍を振り回して、敵を屠《ほふ》る。そのために武士はある」

正論であった。

「その戦がなくなった。そうなると武士は不要だ」

「なにを申すか、民を導かねばならぬのだぞ。武士には戦う以外の役目がある」

首を横に振った英田に、岩村周防守が反駁した。

「役目が……ほう。ならば、旗本は全員なにかしらの役目に就いていると。ああ、小普請も役目には違いないなどと言うてくれるなよ」

「…………」

「正しいの」

言い返す材料を最初に奪われた岩村周防守が反論に詰まり、志真佑が納得した。

「小普請組あがりか」

楽しそうな目で英田が志真佑を見た。

「することのない日々、夢のない毎日。おぬしにもわかるだろう」

「…………」

同意することは絶対にできない。英田に話しかけられた志真佑が黙った。

「ふふふ。まあ、そういったわけでこうなったのだ。いろいろな思惑が後ろにはあるようだが、そんなもの我らにはどうでもいい」

英田が家慶を襲う理由を語り終えた。

「そ、そうだ。おまえたちをそそのかした者がおろう。でなくば、横の繋がりなどない浪人が徒党を組むはずはない」

岩村周防守が今気づいたとばかりに、黒幕のことを口に出した。

「いるなあ」

英田がにやりと嗤った。

「金で我らを釣ったつもりになった者が」

「そいつは誰だ」

「十日ほどとはいえ、酒を呑み、妓《おんな》を侍らせ、腹一杯喰って、綿の入った夜具で寝させてもらった。そいつの名前を売るのは、さすがに気分が悪いわ」

「使い捨てだとわかっているのか……」

「それがどうした」

　驚く岩村周防守に英田が首をかしげた。

「あのままだと今年の冬は越せなかっただろう。長屋の家賃も長く払っておらぬ。仕事は腰に刀を差している意味などないものばかり。それも、ありつけるのは三日に一度ほど。一日中大工に怒鳴られて、酒も呑めない日々。それをあと何年繰り返せばいい」

「…………」

　悲惨な嘆きに書院番士たちが黙った。

「浪人がなぜ腰のものを捨てないか。それをすれば、己が保てないからだ。武士だった、いつかは武士に戻れる。そのためには刀が要る。そうでも思わなければ、心が張り裂ける」

　英田が続けた。

「仕官など夢のまた夢だとわかっている。だが、夢くらい見てもいいだろう。浪人は夢さえ見てはならぬほどに不要なのか」

「……」

誰もが口をつぐんだ。

「刀があれば武士……夢にすがるにはこれしかないのだ」

愛《いと》おしそうに英田が太刀の鞘に触れた。

「だがの、その想いはいつのまにか呪いに変わる」

「呪い……」

思わぬ言葉に志真佑が反応した。

「太刀さえあれば、まだどうにかなる。刀を持っている限り、我らは武士である」

「愚かな。武士とは刀を腰に差すものではなく、主君を持つ者だぞ」

戸尾右門があきれた。

「わかっていても、すがってしまうのが人というものの弱さであろう」

英田が大きく息を吐いた。

「さて、皆、もうよいな」

「ああ」

「恨み辛《つら》みも聞かせられた」

「思い残すことはない」

かけ声を掛けた英田に浪人たちがうなずいた。

「いざっ」

英田がもう一度太刀を振りあげた。

四

言葉を交わす。それは相手のことを理解しようとする行為であった。

「…………」

死を覚悟していた浪人が書院番士たちを気にしていなかったのに対し、志真佑らは英田たちが行動へ出たことを受け入れてしまった。

「おらあ」

「……うう」

浪人たちの一撃を受け止めてはいるが、力強く排除しようといった雰囲気ではなくなっていた。

「避けねば死ぬぞ。若いの」

英田が志真佑へ遠慮ない一刀を振り下ろした。

「ぬん」

それを志真佑は確実に止めた。

「むっ。さきほどより力強い……」

志真佑の変化に英田が目を大きくした。

「我らの気持ちがわかるだろう。小普請であったならば」

「わからぬわ」

同意を求める英田を、志真佑が一蹴した。

「たしかに小普請には未来《さき》は見えぬ。されど、我らには直参旗本という誇りがある。この誇りを何人《なんぴと》たりとも奪うことはできぬ」

「なんだと」

英田が唖然とした。

「失うくらいの夢など夢ではないぞ。夢は一つではない。いくつも持てる。一つ駄目でも次、それが潰《つい》えてもその次と、夢はいくつでも見られる。仕官だけを追いかけ、それを果たせず、一つのことにとらえられてきたそなたたちと一緒にするな」

志真佑が止めを刺した。

「こ、こやつっ」

論破された英田が憤怒《ふんぬ》した。

「戦をなくしたのが悪いだと。己の都合だけを考えなしに言うな。それで浪人は不幸だなどと笑止千万」

志真佑が英田たちを侮蔑した。

「若僧がっ」

英田が激した。

「天下泰平を守るのが、旗本の役目じゃ。小普請といえども無為に過ごしているわけではない」

かつてそれを求めていながらいつまで経ってもお役に就けなかった志真佑を支えてきたのは、幕府は先祖が命懸けで作りあげ、守り続けてきたという矜持であった。

でなければ、無役のままであることに耐えきれなかった。その旗本としての意義である泰平を悪だと言われては我慢ならなかった。

「おのれっ」

「なにをほざく」

英田だけでなく、熊崎、佐多らも激した。

「かかってこい。おまえたちは徳川の、天下の敵じゃ」

志真佑がさらに煽《あお》った。

「……徳川の敵」

「天下の敵」

浪人たちの無念を聞き気落ちしていた書院番士たちが、志真佑の言葉に反応した。

「そのとおりじゃ」

「よくぞ申した、北条」

戸尾右門、岩村周防守が志真佑を賛した。

「世子さまがご覧である。皆、奮え」

岩村周防守が一同を激励した。

「御前じゃ」

「我らこそ書院番、お馬廻りじゃ」

書院番士たちが応じた。

「追い払え」

たちまち激しい争闘が再開された。

「こいつら」

「なめるなよ」

浪人も怒りのままに刀を振るったが、もともとの数が違う。奇襲を受けたために駕籠脇まで食いこまれていたのを、書院番士たちが押し返し始めた。

「皆、恨みを忘れるな」

形勢不利を理解した英田が、仲間を奮起させようとした。

「恨みというほどのものではなかろうが。世のなかに溶けこまず、すねていただけであろう」

志真佑が大声で否定した。

「…………」

図星を指された英田が無言になった。

「世子さま」

「お守りせよ」

「徳川中納言家でござる」

そこへ援軍が来た。

寛永寺に近い水戸家から藩士たちが駆けつけてきた。

「意外と早い」

英田が舌打ちをした。

「解散」

すっと後ろに退きながら、英田が手を振り、背を向けた。

「ちっ。これまでか」

「残念な」

「次があるぞ」

浪人たちが口々に言いながら、やはり背を向けた。

「えっ」

「どうなった」

今まで命の遣り取りをしていた相手が逃げ出したことに、志真佑ら書院番士が戸惑った。

「逃がすな」

「手柄を立てるは今ぞ」

水戸藩士たちが浪人たちを追った。

「我らも……」

「そうであった」

書院番士たちも続こうとした。

「待て。御駕籠から離れるな」

あわてて岩村周防守が配下たちを制した。

「なれど……」

「逃がしては……」

書院番士たちの一部は納得していなかった。

「またぞろ恥を晒すつもりか」

岩村周防守が睨みつけた。

「……それは」

ついこの間、書院番は城中で大恥を掻いたばかりである。多くの者がお役から去り、組も大きく組み直された。

「公方さまの盾などとおこがましい」

「吾ならば、恥じてお役を退いているわ」

松平外記の刃傷に直接かかわっていなかった者も中傷の波に曝《さら》された。

「しかし、慮外者どもをみすみす水戸家に……」

あきらめの悪い書院番士が、食い下がった。

「ならば行け。ただし、この場で書院番を辞せ」

冷たく岩村周防守が告げた。

「………」

解任すると暗に言われた書院番士がうつむいた。

「きつく当たってやるな」

駕籠の引き戸が開いて、家慶が姿を現した。

「控えよ」

「世子さま」

小姓組番頭水野左衛門尉の言葉に、書院番士たちが急いで太刀を背に回して、片膝を突いた。

「もう来ぬようじゃの」

家慶が周囲を見回した。

「納刀いたせ」

白刃を剝き出しでは危ないと家慶が命じた。

「はっ。一同従え」

岩村周防守が首肯して、配下たちに指示した。

「…………」

片膝を突いたままで刀を鞘に戻すのは困難である。志真佑らは一度立ちあがって太刀を鞘へ納め、あらためて膝を突いた。

「大儀であった」

家慶が書院番士たちをねぎらった。

「畏れ多いことでございまする」

書院番を代表して岩村周防守が頭を下げた。

「怪我をした者はおるか」

「ここにおる者は、任に差し支えのない些細な傷でございまする。お気遣いなく願いまする」

家慶の問いに岩村周防守が続けた。

「ですが、供先にいた者は……」

岩村周防守が悼ましそうな顔をした。

「気づいておらぬのか」

家慶が倒れている者を指さした。

「血は流れておらぬだろう」

「……たしかに仰せの通りでございまする」

「ご無礼を」

ため息を吐きながら言う家慶に、岩村周防守が納得し、戸尾右門が一礼して倒れている者へ近づいた。

「……まことに。おいっ」

腰をかがめた戸尾右門が、倒れている書院番士の肩を揺すった。

「うっ……」

書院番士が目を開けた。

「生きているな。立てるか」

戸尾右門が具合を訊いた。

「あ痛っ」

起きあがろうとした書院番士が痛みにうめいた。

「肩の骨が折れているのだろう。そのままにしておいてやれ」

身体を支えて立ちあがらせようとする戸尾右門を家慶が止めた。

「世子さま、これは」

水野左衛門尉が家慶に説明を願った。

「あやつらは最初から、余を害するつもりなどなかったのだ」

「………」

家慶の発言に、水野左衛門尉が絶句した。

「おかしいとは思わなかったのか。通行を止めているとはいえ、まったく隔離されているわけでもない。行列からも援軍要請の使者は出るうえ、そのあたりの民家の者が町奉行所へ駆けこむのはわかっている」

「はい」

水野左衛門尉が理解した。

「ならば長々と恨みなど語っている場合ではないはずだ。少しでも早くことを終わらせねばなるまい」

「まさに」

「あっ」

語る家慶に、水野左衛門尉と岩村周防守が同時に声をあげた。

「援軍が来れば、余を討つことはできなくなる。それでいてのんびりと話にうつつを抜かす。不埒者《ふらちもの》が愚かであったとも考えられるが、そうではなさそうじゃ」

家慶が苦笑した。

「では、あの斬られたはずの者も……」

「わざとであろう」

水野左衛門尉の確認に家慶がうなずいた。

「余も武家の棟梁たろうとする身じゃ。刀の持ちかたていどとはいえ、柳生新陰流を学んでおる。刀というのは引かねば斬れぬと修練のときに言われた」

「その通りでございまする」

一応書院番は番方として、剣術を修めている。もっとも免許皆伝などはおらず、切り紙くらいで留まっているが、それでも基本はわかっている。

「駕籠のなかから見ていただけじゃからの。まちがっておらぬとは言えぬが、あやつらは太刀を叩きつけていたようであった」

「あっ」

一撃を食らった書院番士が声を漏らした。

「静まれ」

家慶が話している最中である。水野左衛門尉がその書院番士を叱った。

「申しわけございませぬ」

深々と書院番士が頭を垂れた。

「よい。余を守ったのじゃ。誇れ」

「かたじけなき仰せ」

家慶になぐさめられた書院番士が感激した。

「さて、あまり代参の刻限に遅れるのはよろしくないの。参るぞ」

「よろしいのでございますか」

駕籠へ戻った家慶に、このまま予定通り進めてもいいのかと水野左衛門尉が質問した。

「代参せずに城へ帰ってみよ。逃げたと言われるぞ」

「町奉行所には」

「不要にせよ。面倒になるだけじゃ」

「……わかりましてございまする」

小姓組番頭を務める水野左衛門尉は家慶の腹心として知られる。水野左衛門尉が家慶の意図を汲んだ。

「閉めまする」

「うむっ」

水野左衛門尉の手で戸がゆっくりと閉められた。

「えっ」

膝を突いたまま上目遣いで駕籠を見つめていた志真佑は、一瞬家慶と目が合った気がした。

「微笑まれていた……」

「北条、もとの位置へ付け」

家慶の表情に驚いた志真佑に、戸尾右門が注意した。

「はっ」

志真佑は小さく首を振って、持ち場へと急いだ。

「陸尺ども」

「へ、へい」

水野左衛門尉の合図で、少し離れたところにいた陸尺が小走りに戻ってきて駕籠をあげた。さすがに家慶が襲われているのに、駕籠を放棄して身を守るわけにはいかなかった。小者とはいえ、陸尺も幕府の臣なのだ。世子を見捨てたとあれば、死罪は免れない。

「出立」

岩村周防守が手をあげて合図をした。

代参自体はあっさりと終わった。

読経の後、寛永寺の門跡公澄《こうちょう》入道《にゅうどう》親王の法話を聞くだけで一刻半（約三時間）ほど、昼過ぎには家慶は帰城していた。

「要らぬ」

代参を無事終えたとの報告をするために、使者を出して家斉の都合を聞かせたが、不要として断られた。

「かえって気楽じゃ」

家慶が苦い笑いを浮かべた。

「左衛門尉」

「一同、遠慮せい」

家慶の合図に、水野左衛門尉が他人払いをさせた。

「さて、そなたはどう見た」

「公方さまかと」

真剣な目で見つめられた水野左衛門尉が、今日の襲撃の裏には家斉がいると答えた。

「であろうな」

同じ考えだと家慶がうなずいた。

「ですが、いささか気になるところがございまする」

水野左衛門尉が戸惑っていた。

「申せ」

家慶が認めた。

「内大臣さまを害し奉る気はなかった。なぜでございましょう」

「今、余が襲撃されて死んだとしたら、誰が疑われる」

水野左衛門尉の問いに、家慶が質問で返した。

「……公方さまでございましょう」

家慶と家斉が互いを殺したいほど憎み合っているのは、大名や旗本の間で知られている。

「そうじゃ。あのお方は世間の耳目を集める世子襲殺など避けるだろう。本気で命を奪う気ならば、少なくとも目立たぬ方法を執られるはずじゃ。前のこともある」

以前毒殺されかかったことに家慶が触れた。

将軍と世子の食事の場で、異変があったとしても隠しおおせる。もちろん、家慶の死は隠せないが、急な病であるとか、食あたりだとか、表向きの理由は付けられる。そもそも城中の奥における病変や異常に対応するのは奥医師なのだ。そして奥医師は将軍の侍医であり、その意に従う。

「病気以外での死は、ごまかせぬ。体面を気になさるあのお方が、陰口だとしても自らが誹謗されることを受け入れるはずはない」

家斉が分家筋として見下されてきたことを根に持っていると、家慶にはわかっていた。

「ではなんのために」

水野左衛門尉が困惑した。

「最近、そろそろ将軍位を譲って、大御所になってはどうかという話が出ていることは」

「存じております」

確認した家慶に水野左衛門尉が首肯した。

すでに家慶も三十路を越えた。識見、健康ともに最良の状態にあるといえる。過去の将軍を見ても、初代家康は別格として、分家から本家に入った家宣、吉宗、病で継承が遅れた家重以外は、三十前に将軍となっている。

とくに朝廷からは、暗に催促されている。

朝廷としては天皇家の血を引く女王を妻に迎えている家慶のほうが、近衛《このえ》家の養女という名目だけの薩摩島津家の姫を娶った家斉より、意見が通りやすいと思っている。経済的に困窮している朝廷は、徳川に頼らなければ生活さえままならないだけに、家慶を将軍にしたいのだ。

「では……」

「あの方としては、まだ早いと思わせたいのだろう。今回のことでも余を害する気はなかった。なにより大番組が付いていなかった。大番組がいればあのていどの数の浪人など敵ではない」

大番組は戦のとき、徳川の主力となる。それだけに武張った者が多かった。

「それになぜ水戸家の者が来た」

「……神田橋御門まで戻るよりは早かったからではございませぬか」

急を要したからではないかと水野左衛門尉が答えた。

「急をと申すなら、そこまでいかずとも大名の屋敷はいくつもあろう。声をかけて回ればもっと早く援軍を連れてこられる」

家慶がため息を吐いた。

「水戸家は徳川の一門だ。政へ口出しはできぬが、本家たる将軍家継承には意見を述べられる。いよいよ将軍継承となったときに、独力で浪人風情を蹴散らせないようでは、武家の棟梁としていかがなものかと上申するくらいはできる」

「なんという」

水野左衛門尉が家慶の推測に息を呑んだ。

「なれば……あのときの書院番士のなかに、公方さまの、いえ中野播磨守の手の者が」

「いたのだろう。そやつを調べておけ。いずれ外す。もちろん水戸もこのままではすまさぬ」

「はっ」

家慶の指示に水野左衛門尉が手を突いた。

「やはり今回のことは」

「表沙汰にはできまい。余とあのお方が合わぬことは皆存じておろうが、表だって口にすることはできぬ。そこでこれを騒ぎ立てれば、御上の権威、将軍の威信は地に墜《お》ちる。そのようにがたがたになった御上の政を余は引き受けたくないぞ」

窺うような目の水野左衛門尉に家慶が手を振った。

「無念でございまする」

「ただ、損ばかりではなかったの」

うつむく水野左衛門尉に、家慶が告げた。

「なにがでございまするか」

真顔から笑顔になった家慶に、水野左衛門尉が首をかしげた。

「今日の供のなかに、若い書院番士がおったであろう。たしか北条とか申したはず」

「おりましたか」

水野左衛門尉にしてみれば、書院番士など気に留めるほどの相手ではなかった。

「ほれ、あの浪人と口で遣り合っていた」

「ああ、おりました」

ようやく水野左衛門尉が思い出した。

「いや、なかなか面白い者であったの。最初は遣えぬと思っていたが、予想以上であった」

「調べまするか」

興味を示した家慶に水野左衛門尉が訊いた。

「なんぞの役に立つかも知れぬ。どのような者かもう少し見てくれようと思う。そなたも気に留めておけ」

「承りましてございまする」

楽しそうに言う家慶に、水野左衛門尉が平伏した。

本書は書き下ろしです。

中公文庫

振《ふ》り出《だ》し
——旗本《はたもと》出《しゅっ》世《せ》双六《すごろく》（一《いち》）

2024年2月25日　初版発行

著　者　上《うえ》田《だ》秀《ひで》人《と》

発行者　安部順一

発行所　中央公論新社
〒100-8152　東京都千代田区大手町1-7-1
電話　販売 03-5299-1730　編集 03-5299-1890
URL https://www.chuko.co.jp/

DTP　平面惑星
印　刷　大日本印刷
製　本　大日本印刷

©2024 Hideto UEDA
Published by CHUOKORON-SHINSHA, INC.
Printed in Japan　ISBN978-4-12-207480-4 C1193

定価はカバーに表示してあります。落丁本・乱丁本はお手数ですが小社販売部宛お送り下さい。送料小社負担にてお取り替えいたします。

●本書の無断複製（コピー）は著作権法上での例外を除き禁じられています。また、代行業者等に依頼してスキャンやデジタル化を行うことは、たとえ個人や家庭内の利用を目的とする場合でも著作権法違反です。

各書目の下段の数字はISBNコードです。978－4－12が省略してあります。

中公文庫既刊より

う-28-8
新装版 御免状始末 闕所物奉行 裏帳合㈠
上田 秀人
遊郭打ち壊し事件を発端に水戸藩の思惑と幕府の陰謀が渦巻く中を、著者史上最もダークな主人公・榊扇太郎が剣を振るい、謎を解く！　待望の新装版。
206438-6

う-28-9
新装版 蛮社始末 闕所物奉行 裏帳合㈡
上田 秀人
榊扇太郎は闕所となった蘭方医、高野長英の屋敷から、倒幕計画を示す書付を発見する。鳥居耀蔵の陰謀と幕府の思惑の狭間で真相究明に乗り出すが……。
206461-4

う-28-10
新装版 赤猫始末 闕所物奉行 裏帳合㈢
上田 秀人
武家屋敷連続焼失事件を検分した扇太郎は改易された出火元の隠し財産に驚愕。闕所の処分に大目付が介入、大御所死後を見据えた権力争いに巻き込まれる。
206486-7

う-28-11
新装版 旗本始末 闕所物奉行 裏帳合㈣
上田 秀人
失踪した旗本の行方を追う扇太郎は借金の形に娘を売る旗本が増えていることを知る。人身売買禁止を逆手にとり吉原乗っ取りを企む勢力との戦いが始まる。
206491-1

う-28-12
新装版 娘 始末 闕所物奉行 裏帳合㈤
上田 秀人
借金の形に売られた旗本の娘が自害。扇太郎の預かりの身となった元遊女の朱鷺にも魔の手がのびる。江戸闇社会の掌握を狙う一太郎との対決も山場に！
206509-3

う-28-13
新装版 奉行始末 闕所物奉行 裏帳合㈥
上田 秀人
岡場所から一斉に火の手があがった。政権返り咲きを図る家斉派と江戸の闇の支配を企む一太郎が勝負に出たのだ。血みどろの最終決戦のゆくえは⁉
206561-1

う-28-14
維新始末
上田 秀人
あの大人気シリーズが帰ってきた！　天保の改革から二十年、闕所物奉行を辞した扇太郎が見た幕末の闇。過去最大の激闘、その勝敗の行方は⁉
206608-3